KB115118

# 마제의 신화

# 마제의 신화 5

박선우 현대 판타지 소설

초판 1쇄 찍은 날 § 2020년 1월 23일
초판 1쇄 펴낸 날 § 2020년 1월 30일

지은이 § 박선우
펴낸이 § 서경석

총괄팀장 § 노종아
편집책임 § 김대용
편집 § 김예슬
디자인 § 소소연

펴낸곳 § 도서출판 청어람
등록번호 § 제387-1999-000006호
등록일자 § 1999. 5. 31
어람번호 § 제1-3080호

주소 § 경기도 부천시 부일로 483번길 40 서경B/D 3F (우) 14640
전화 § 032-656-4452 팩스 § 032-656-4453
http://www.chungeoram.com
E-mail § chungeorambook@daum.net

ISBN 979-11-04-92123-0 04810
ISBN 979-11-04-92064-6 (세트)

청어람
두서출판

[완결]

5

# 마세의 신화

박선우 현대 판타지 소설

DERN FANTASTIC STORY

마체의 신화

# Contents

제32장

# 도심 던전

한성대는 전쟁터나 다름없었다.

도대체 얼마나 많은 괴물들이 튀어나왔는지 셀 수가 없을 정도였다.

보통 200마리 정도에 그쳤던 괴물들의 숫자는 대충 봐도 그 배는 되어 보였다.

더군다나 헬하운드와 와이번이 헌터들의 공격을 받으며 광포하게 날뛰고 있는데 격전의 흔적으로 대학 건물이 여기저기 부서진 상태였다.

반면에 제5파티의 병력도 꽤 많았다.

한성대 곳곳에서 괴물들과 사투를 벌이고 있는 헌터들의 숫자는 괴물들의 숫자와 비슷했다.

추가병력이 온 게 분명했다.

최근 들어 녹색으로 던전이 변하면서 4교대에서 2교대로 전환했기 때문에 투입되는 병력 숫자는 300명에 달했는데 지금은 그것보다 훨씬 많았다.

더군다나 한눈에 봐도 대단한 무력을 지닌 자들이 와이번과 헬하운드를 집중 공략하고 있었다.

마치 허공 전체가 엄청난 번개 덩어리에 휩싸여 있는 것 같았다.

수많은 도기와 검기, 그리고 마법 공격이 와이번의 전신을 타격하고 있었다.


공중을 날아다니며 와이번의 전신에 도기와 검기를 쏟아붓고 있는 무인들은 그동안 길드가 숨겨 놓았던 스페셜 마스터임이 분명했다.

문제는 스페셜 마스터와 골든헌터들이 헬하운드와 와이번을 상대하면서 강화된 스켈레톤에 의해 하급 헌터들의 피해가 계속 발생하고 있다는 것이었다.


무극도를 뽑았다.

그리고 방어선을 뚫고 나오는 괴물들을 도륙하며 전진했다.

시뻘겋게 변해 버린 상아탑.

괴물과 헌터 들의 사체가 뒤엉켜 사방 곳곳에 방치된 채 피를 흘리고 있었다.

현천보를 이용해서 스켈레톤을 잡기 시작했다.

지금은 헬하운드나 와이번을 잡는 것보다 곳곳에서 하급 헌터들을 찢어발기는 30마리의 스켈레톤을 처리하는 게 더 급했다.

공중을 부양하며 스켈레톤의 목을 잘랐다.

번쩍하는 순간마다 스켈레톤의 목이 바닥에 떨어져 뒹굴었는데 한정유의 신형은 어느새 다른 쪽으로 이동하고 있었다.

이것이 바로 절대고수의 신위다.

고전을 면치 못하던 헌터들은 한 번도 땅을 밟지 않은 채 공중을 날아다니며 스켈레톤을 저격하는 한정유의 신위에 입을 다물지 못했다.

한정유가 강하다는 건 안다.

지금도 텔레비전에서는 한정유가 월드 챔피언십에서 우승했던 경기 장면이 지겹게 흘러나오고 있었다.

그럼에도 경악을 금치 못했다.

화면에서 보는 것과 실제로 보는 건 하늘과 땅만큼의 차이가 있었기 때문이다.

그렇게 찌르고 베어도 불사신처럼 날뛰던 스켈레톤의 머리가 한정유의 칼에 의해 툭툭 떨어져 나가는 장면은 진정 눈으로 확인하고도 믿지 못할 광경이었다.

가차 없는 처단.

아무리 던전의 색깔이 변하며 진화된 스켈레톤이라 해도 한정유의 칼이 번뜩일 때마다 허망하게 목을 잃은 사체가 되어 쓰러졌다.

공중을 비행하던 한정유의 신형이 이번에는 방향을 틀어 헬하운드를 향해 날아갔다.

골든헌터들의 공격으로 5마리가 쓰러졌으나 아직도 10마리의 헬하운드는 파이어 링을 무차별적으로 쏴대며 방어선을 뚫기 위해 돌진하고 있었다.

촘촘하게 짜여진 방어선.

50명의 골든헌터가 짜놓은 방어선은 탄탄했으나 워낙 헬하운드가 미쳐 날뛰었기 때문인지 중상을 입은 골든헌터의 숫자도 7명이나 되었다.

비행한 상태 그대로 원진의 중앙으로 파고들었다.

콰앙… 쾅… 쾅… 쾅!

섬전십심뢰가 불을 뿜으며 동시에 5마리나 되는 헬하운드의 가슴을 관통했다.

거짓말처럼 뚫렸다.

골든헌터들의 무차별 공격에도 끄떡없던 헬하운드의 철벽같은 가슴에서 동시에 시퍼런 피가 솟구쳐 나오는 장면은 사기처럼 느껴질 정도였다.

가슴을 관통당한 헬하운드가 비틀거리는 사이, 한정유의 가라앉았던 몸이 비상하며 나머지를 직격했다.

투명해질 대로 투명해진 도기.

헬하운드의 몸통이 무극도가 닿지 않았는데도 잘려 나갔다.

투명 도기는 이제 고수의 시선과 감각이 아니면 눈에 보이지 않을 정도로 희미해진 상태였다.

순식간에 헬하운드를 처리한 한정유가 공중에서 내려오자 골든헌터들은 허옇게 질린 얼굴로 움직이지 못했다.

자신들이 직접 확인한 한정유의 무력은 무신 그 자체였다.

"뭐 합니까? 서둘러 부상자를 치료하시오."

"국장님, 청명의 타격대장 서정호입니다. 도와주셔서 감사합니다."

"누가 리더요?"

"저기 회장님이 와 계십니다."

서정호가 가리킨 곳에 눈에 익은 인물이 보였다.

청명 길드의 회장 손용민은 스페셜 마스터들과 함께 와이번을 공격하고 있었는데 이제 남은 건 2마리뿐이었다.

땅바닥에 길게 누워 있는 와이번의 사체들.

역시 스페셜 마스터들답다.

와이번의 사체들은 온몸이 찢어진 것처럼 수많은 상처가 나있었는데 스페셜 마스터들의 협공으로 인한 것이었다.

손용민이 공격 진형에서 빠져나왔다.

그는 처음부터 한정유가 나타났다는 걸 알고 있었던지 전혀 놀라는 표정을 짓지 않았다.

"국장님, 미안합니다. 번거로운 걸음을 하시게 만들었습니다."

"통제국의 비상 시스템이 가동되지 않았습니다. 길드도 마찬가지였습니까?"

미리 들은 보고 내용이었지만 다시 확인하기 위해 물었다.

이미 사고는 터졌으니 수습이 먼저였지만 가장 중요한 것은 던전의 존재가 이목에서 벗어났다는 것이다.

만약 이런 경우가 계속된다면 국민들의 피해는 눈덩이처럼 불어날 수밖에 없었다.

질문을 받은 손용민의 얼굴도 굳어져 있었다.

그 역시 방금 받은 질문의 중요성을 너무나 잘 알기 때문이었다.

"그렇습니다. 전혀 사전에 인지하지 못했습니다."

"그럼 어떻게 아시고 출동했습니까?"

"시민의 제보였습니다. 이번 주 서울 쪽 방어는 청명이 포함된 제5파티 소관이라 지체 없이 출동했지만 이미 많이 늦은 상태였습니다."

"수많은 사람들이 죽었습니다. 아시죠?"

"압니다. 하지만, 어쩔 수 없었습니다. 여기 있는 괴물들을 막지 못했다면 더 큰 불행이 발생했을 겁니다. 그래서 우리는 총력을 기울여 한성대를 방어할 수밖에 없었습니다."

"궁금하지 않나요?"

"궁금합니다. 어떻게 되었습니까?"

"도심으로 나간 괴물들은 길드 통제국이 처리했습니다. 지금쯤 말끔히 청소되었을 겁니다."

"다행이군요. 정말 다행입니다."

"그럼 마저 청소하시고 회장님은 길드 통제국으로 내일 아침 9시까지 들어오십시오. 사안의 중요성을 감안해서 회장단을 소집할 예정입니다."

"알겠습니다."


손용민이 정중하게 고개를 숙였다.

이것이 현재 길드 통제국의 위상이다.

예전 길드협회가 존재했을 때 길드 회장들은 이런 모습을 보인 적이 없었다.

그만큼 현재의 길드 통제국은 길드를 압박하고도 남을 만큼 강력했다.


\*　　　　　\*　　　　　\*


한정유는 김가은과 함께 대회의실로 들어섰다.

이미 회의장에는 20개의 길드 회장들이 기다리는 중이었고 통제국의 주요 간부들도 자리를 차지한 채 한정유가 오기를 기다리고 있었다.

중요한 것은 통제국 간부들의 자리 배치다.

남정근과 김도철, 문호량의 자리는 길드 회장들보다 위쪽에 배치되어 있었는데 그건 통제국이 절대 길드의 아래가 아니라는 걸 의미하는 것이었다.

한정유는 성큼성큼 걸어 중앙에 있는 상석에 앉아 김가은이 내려놓은 서류를 잠시 훑어봤다.

서류는 이미 본 것이었으나 분위기를 장악하기 위해 일부러 한 행동이었다.

"여러분, 반갑습니다. 오늘 길드회장단 회의를 소집한 것은 한성대 던전 때문입니다. 어제 한성대에서 발생한 던전으로 인해 수많은 사람들이 죽었습니다. 정확하게 1,235명이었죠. 사람이 죽은 것도 문제지만 더 중요한 것은 던전이 열리는 것조차 우리가 몰랐다는 사실입니다. 제가 통제국 정보실에 확인해 본 결과, 그 어떤 길드도 한성대 던전을 확인하지 못했습니다. 이것은 향후에도 이런 일이 벌어질 수 있다는 걸 의미하기도 합니다. 따라서, 우리는 오늘 한성대 던전이 감지되지 않은 이유와 다시 이런 일이 발생할 경우를 대비해서 철저한 방어 계획을 세워놓아야 합니다. 김 실장님, 어제 한성대에서 발생한 던전 현황과 우리가 분석한 자료를 회장님들께 설명해 주세요."

"알겠습니다."

한정유가 몸을 뒤로 물리며 고개를 돌리자 김가은이 천천히 스크린 앞으로 다가갔다.

그러자 하얀 빛이 흘러나오며 스크린에 자료들이 뜨기 시작했다.

김가은은 화면에 뜬 자료들을 하나씩 설명했는데 던전의 발생 현황과 괴물들이 빠져나온 경로, 피해자 현황, 그리고 그 시간 길드 통제국의 비상 시스템에 관한 것들이었다.

설명이 진행되는 동안 길드 회장들의 얼굴은 모두 굳어 있었다.

상황이 변한다는 것.

그들 역시 비상 시스템이 가동되지 않았다는 것을 확인한 후 그 원인을 파악하기 위해 백방으로 노력했으나 아직 아무것도 얻지 못했다.

도저히 이해가 되지 않았다.

어제 산에서 열린 나머지 던전들은 모두 비상 시스템에 감지되어 사전 출동이 가능했지만 한성대 던전만큼은 어떤 신호도 송출하지 않았던 것이다.

설명을 끝낸 김가은이 자리로 돌아와 앉자 한정유의 입이 다시 열렸다.

"아마, 길드에서도 이 원인을 분석하기 위해 지금쯤 기술연구소가 부지런히 움직이고 있을 겁니다. 저는 길드 통제국과 길드가 한 몸이 되어 움직여야 된다고 생각합니다. 아시겠지만, 던전 색깔이 변하면서 우리 길드 통제국은 비상 지원단을 구성해 놓은 상태입니다. 한성대에 출동한 것도 그런 조치를 미리 취해놨기에 가능한 것이었습니다. 여러분, 정보는 반드시 공유되어야 합니다. 따라서, 저는 길드의 연구소장들이 최대한 빨리 원인을 파악할 수 있도록 합동 연구를 제안하는 바입니다."

"당연한 말씀입니다. 저희들도 그렇게 생각하고 있었습니다. 국민의 안전이 최우선인 이상 그렇게 해야지요. 오늘이라도 합동 연구팀을 구성하도록 하겠습니다."

모든 회장들이 고개를 끄덕였고 피닉스 길드의 회장이 대표로 대답을 했다.

그러자 한정유가 더 빠르게 말을 이어나갔다.

"그럼 그건 그렇게 하는 것으로 결정하고, 또다시 이런 상황이 발생할 때를 대비해서 파티의 출동 계획을 재조정해야 되는데……. 거기에 대해서 의견을 나눠봅시다."

어려운 일투성이다.

파티의 출동 계획을 재조정한다는 것은 난해하고도 힘든 일이었다.

20개의 길드는 지금까지 특정 지점에 상주를 하지 않았고 비상 시스템이 가동될 때 출동하는 체계를 유지해 왔다.

하지만, 상황이 급격하게 변하면서 모든 것이 재조정될 필요성이 있었다.

만약 이번처럼 도심에서 던전이 열린다면 또다시 수많은 국민들의 희생이 뒤따라야 될 것이다.

그럼에도 한정유의 제안에 난상공론이 벌어졌다.

이유는 간단했다.

초인들의 숫자가 한정되어 있으니 주요 도시를 상시 방어한다는 건 불가능한 일이었기 때문이다.

더군다나 던전이 열리는 숫자가 점점 증가되었고 색깔이 변하면서 괴물들의 능력치가 변화되고 있으니 길드로서는 병력을 빼낸다는 게 결코 쉬운 일이 아니었다.

결국 회의는 서울과 대전, 대구, 광주, 부산 등 5대 도시에 길드연합군을 배치하는 것으로 결론이 났다.

몇몇 길드 회장들이 반대를 했으나 다수가 찬성하면서 통제국이 직접 지휘하는 길드연합군이 탄생되었다.


한정유는 길드 회장들의 동의를 얻어 빠르게 대도시에 상주하는 연합군의 조직을 정비했다.

불과 3일 만에 조직을 완성하고 정해진 도시에 상주토록 했는데 5대 도시에는 3명의 스페셜 마스터와 20명의 골든헌터를 비롯해서 100명이 주둔하는 방식이었다.

만약 상황이 발생한다면 이들이 먼저 출동해서 1선 방어선을 구축하고, 그 뒤를 담당 파티가 막는다는 계획이었다.

꽤 괜찮은 배치였다.

삼중 구조.

먼저 지역주둔군이 도시로 빠져나오는 괴물들을 막는 동안 파티와 길드 통제국의 비상지원단이 움직인다면 한성대 던전과 같은 사태는 막을 수 있을 것이다.


*          *          *


던전이 열린 후 최초로 도심을 직격한 피해로 인해 국민들의 불안감은 극도로 치달았다.

처참하게 변해 버린 도심과 사람들의 시체.

뉴스에서는 가급적 처참한 장면을 보여주지 않기 위해 블라인드 처리를 했지만 인터넷에 올라 온 생생한 사진들은 국민들을 공포 속으로 몰아넣기에 충분했다.


길드 통제국이 직접 나서 국민들을 달래주기 위해 지역주둔군의 배치와 향후 계획에 대해서 설명했으나 국민들의 불안감을 완화시킬 수는 없었다.

당장 소외된 지역 국민들의 원성이 극에 달했다.

5대 도시 이외의 도시에서 안전을 확보해 달라는 시위를 벌이기 시작했다.


불안해진 여론을 달래기 위해 정부와 언론, 통제국이 동시에 나서서 안전을 위해 최선을 다하겠다고 약속했으나 소용이 없었다.

인간은 죽음 앞에서는 언제나 이성이 마비되면서 흥분이 극대화되기 때문이다.

그리고 사람들의 우려는 기어코 현실로 나타났다.

5대 도시에 포함되지 않았던 청주와 안산 도심에서 2개의 던전이 동시에 열렸던 것이다.

해동 길드의 정상수는 던전이 열렸다는 소식을 듣고 빠르게 안산으로 향했다.

던전이 나타난 장소는 고잔동에 있는 주택가였다.

그동안 계속된 정부의 홍보 활동으로 인해 던전이 열리자 주민들이 즉시 신고를 해왔다.

하지만 그들이 도착했을 때 이미 괴물들은 사방을 휩쓸며 퍼져 나가는 중이었다.

아비규환.

괴물들이 쓸고 지나간 자리엔 온통 죽음뿐이었다.

"2팀은 서쪽, 3팀은 동쪽을 맡아. 우리는 중앙으로 진입한다!"

정상수의 명령에 양쪽에서 도열해 있던 1팀과 3팀이 신속하게 이동하며 괴물들과 접전을 벌이기 시작했다.

그 모습을 보면서 정상수는 자신이 이끄는 36명의 1팀과 함께 던전이 열린 시민체육공원으로 향했다.

숫자로는 부족하지만 일단 던전에서 계속 쏟아져 나오는 괴물들을 차단하는 게 우선이기에 그는 이미 빠져나간 괴물을 뒤로 하고 무작정 앞으로 전진했다.

그렇게 서둘렀는데도 던전이 열린 곳부터 1㎞ 반경에는 온통 시신들로 가득 뒤덮여 있었다.

이를 악물고 흉폭하게 달려오는 키메라와 파이튼을 사살하며 던전으로 향했다.

많다.

이미 100여 마리의 괴물들이 던전 밖으로 빠져 나온 상태였고 나머지도 꾸역꾸역 쏟아져 나오는 중이었다.

던전과 500m 떨어진 지점까지 접근한 정상수의 눈이 일그러졌다.

완벽하게 변해 버린 던전의 색깔.

그동안 푸른색과 녹색이 혼합되어 있던 던전은 완벽하게 녹색으로 변해 있었다.

또 상황이 변한 것이다.

부하들에게 진형을 갖추게 만든 정상수가 좌, 우측에서 다가온 병력과 함께 방진을 형성했다.

뒤로 빠지는 괴물들은 어쩔수 없지만 시가지로 들어가는 주통로만큼은 반드시 사수하는 게 그들의 임무다.

헌터들의 얼굴은 굳어질 대로 굳어져 있었다.

본진이 도착하기 전까지 던전에서 나오는 괴물들을 막는 건 1차 임무였고, 그 다음은 본진에게 방어선을 넘긴 후 시가지로 들어간 괴물들을 소멸시키는 것이 주 임무였다.

다행스러운 건 괴물들이 던전을 빠져나오는 속도가 그리 빠르지 않다는 것이었다.

비상 시스템이 작동하지 않았음에도 한성대 던전에서 본진이 뒤늦게 방어선을 구축할 수 있었던 건 그런 이유가 있기 때문이었다.

정상수의 지휘 아래 일사불란하게 방어선을 형성한 채 쏟아져 나온 괴물들과 전투를 벌이기 시작했다.

처음에는 버틸 수 있었으나 점점 상급 괴물들이 튀어나왔고 숫자가 불어나면서 헌터들의 비명 소리가 여기저기서 흘러나왔다.

이대로라면 전멸이다.

특히 방어선을 친 지 5분 정도 지난 후부터 헬하운드의 모습이 여기저기서 나타났는데 그 숫자가 점점 증가하고 있었다.

악전고투.

싸우는 와중에도 자꾸 뒤쪽으로 시선이 돌아갔다.

이미 빠져나간 괴물들로 인해 시가지는 지옥으로 변하면서 사람들의 비명 소리가 끊임없이 들려오고 있었다.

급해지는 마음을 붙잡고 이를 악문 채 미친 듯 검을 휘둘렀다.

귀를 어지럽히는 비명 소리에 자꾸 마음이 흔들렸다.

하늘이 시꺼멓게 변하며 100여 대의 플라잉카가 날아온 것은 던전에서 튀어나온 괴물들로 인해 방어선이 흔들릴 때였다.

상급 괴물들만 골라 처치하던 정상수의 얼굴에서 안도감이 피어났다.

다행이다.

본진이 왔으니 자신들은 이제 물러나 도심으로 파고든 괴물들을 처리해야 된다.

"후퇴, 후퇴! 최대한 빠른 속도로 벗어나 시가지로 간다. 이전처럼 1팀은 서쪽, 2팀은 동쪽이다. 시가지로 들어간 괴물들을 전부 처리한 후 고잔 사거리 앞에 집결. 출발!"

*          *          *

현지에서 직접 보내온 동영상을 보면서 한정유와 간부들은 무거운 신음을 흘려냈다.

안산도, 청주도 엉망진창이었다.

같은 상황의 반복.

한성대 던전의 피해 상황이 엄청났지만 오늘 열린 2곳에서 발생한 피해 상황도 그에 못지않았다.

나름대로 최선의 대책을 수립했지만 소용이 없었다.

도심 한복판에서 던전이 열린 이상 백약이 무효였다.

"씨발, 환장하겠군. 이러다 국민들 다 죽게 생겼다."

화면 가득 펼쳐진 시체들을 바라보며 남정근이 안타까운 표
정을 감추지 못했다.

하지만, 더 표정이 굳어진 것은 문호량이었다.

5대 주요 도시에 방어군을 편성하자는 대책을 마련한 건 그였
으나 아무런 효과를 보지 못하자 그의 표정은 일그러질 대로 일
그러져 있었다.

한정유가 입을 연 것은 화면이 돌아오면서 도심방어군이 괴물
들을 처단하는 모습이 비쳤을 때였다.

"호량아, 너무 괴로워 마라. 우린 할 수 있는 건 다 했잖아."

"아니, 이대로는 안 될 것 같아. 만약 계속해서 도심에 던전이
열린다면 대한민국은 파멸이다. 벌써 한성대 사건으로 인해 외
국으로 도망치는 인간들이 공항을 가득 채웠어. 더 효율적인 방
안을 마련하지 못하면 국가 위기 사태로까지 몰리게 될 거야."

"방법이 없잖아. 우리가 마련한 방안도 헌터 숫자에 맞춰 최
선을 다한 거야. 전국의 도시를 전부 커버한다는 건 불가능한 일
이다."

"전진 배치를 하자."

"어떻게?"

"우린 시간을 아껴야 해. 그동안 길드는 비상 시스템이란 안전 장치와 플라잉카를 믿고 전부 서울에 본부를 두고 있었어. 던전 방어팀의 편성도 바꿔야 해. 파티를 구성해서 움직이는 것도 변화된 상황에는 맞지 않아. 이렇게 던전이 도심에서 계속 발생한다면 똑같은 체계로는 버틸 수 없다. 20개의 길드를 전국에 배치해서 방어하는 전략으로 수정하자."

"길드가 말을 들을까?"

"안 듣는다면 미친놈들이지. 그놈들의 존재 이유는 국민들에게 있어. 국민들이 전부 죽으면 길드도 같이 공멸하는 거야."

"맞는 말이군."

"지금부터는 교대도 없다. 모든 헌터는 비상대기 체제를 유지해야 돼. 특별한 사정이 없는 한 휴가도 가면 안 돼."

"회장단을 다시 소집해야겠네. 체제를 바꾸려면."

"길드를 전국에 분산시키고 중앙군은 우리가 맡는 걸로 하자. 그러면 와이번이 나와도 커다란 피해는 막을 수 있을 거야."

"오케이. 김 실장님, 문 단장 이야기 들으셨죠?"

"예, 국장님."

"상황이 정리되는 대로 최대한 빨리 회장단을 소집시킵시다."

"알겠습니다."

*　　　*　　　*

청주와 안산에서 발생한 피해자 수는 전부 합해 1,834명이었다.

불과 10일 사이에 3천 명이 괴물들에 의해 도륙된 사건.

국민들은 불안에 휩싸이며 정부와 길드 통제국에 대한 원망을 쏟아냈다.

이렇게 인간은 이기적이다.

누구의 잘못으로 발생한 일이 아님에도 국민들은 누군가에게 원망을 전가하고 싶어했다.


후속 조치로 전국 20개의 주요 도시에 길드가 상주했지만 혼란은 더욱 가중되었다.

나머지 도시의 사람들이 20개 도시로 밀려들기 시작했던 것이다.

길드가 전진 배치 되었음에도 무주와 평택에 던전이 열려 또다시 많은 희생자가 발생하자 사람들은 기를 쓰고 길드방어군이 있는 도시로 밀려들었다.

특히, 수도권으로 올라오는 사람들의 숫자는 셀 수조차 없을 정도였다.

인구를 감안해서 수도권에 7개의 길드가 상주했기 때문에 사람들은 가장 안전한 곳으로 서울을 비롯한 경기도를 선택했다.

예상치 못한 것은 아니었으나 혼란은 상상보다 훨씬 컸다.


정부의 각 부처가 대응책을 마련하느라 골머리를 앓았고 통제국의 대변인이 수시로 국민들을 안심시키기 위해 노력했으나 소용이 없었다.

"도시가 꽉 찼어. 더 이상 받으면 안 돼."

"정유야, 경제가 무너진다. 이대로라면 괴물들에게 죽는 것보다 경제가 무너져서 죽는 게 더 빠를지 몰라."

"미치겠군."

"막아야 해. 막지 못하면 끝장이야."

"살겠다는 사람들을 어떻게 막아?"

"미국과 일본, 중국은 벌써 시행하고 있어. 결단을 내릴 때는 주저하면 안 돼."

"휴우……."

한정유의 입에서 긴 한숨이 흘러나왔다.

김도철과 문호량의 말이 맞는다.

전 국민이 20개의 도시에 몰려든다면 당장 먹고 사는 것부터 문제가 생긴다.

생산 활동을 하지 않고 전부 도시에 몰리게 되면 3개월을 버티기 힘들 것이다.

주요 강대국도 한국과 비슷한 처지에 있었지만 상황은 많이 달랐다.

땅덩어리가 넓은 미국이나 중국, 러시아, 일본 등은 도심에서 던전이 생기는 경우가 많지 않았으나 국토가 좁은 한국은 그 피해가 유독 컸다.

그럼에도 강대국은 핵심 도시로 밀려드는 유민들을 철저히 통제하면서 혼란을 원천 봉쇄 했다.

비상계엄령을 내려 인구가 이동하지 못하도록 조치했던 것이다.

한정유가 대통령에게 인구 이동을 봉쇄해 달라고 요청한 건 평택 던전이 열린 이틀 후였다.

이대로 방치한다면 대한민국은 고사될 가능성이 컸기 때문이었다.

*　　　　*　　　　*

국회의원 정성호는 천천히 걸어 단상으로 올라가며 의장을 향해 정중하게 고개를 숙였다.

오늘은 임시 국회가 열린 날이었는데 정성호는 긴급 의제 발언을 제안한 후 단상으로 나왔다.

정성호는 시선을 돌려 앉아 있는 국회의원들을 천천히 바라보다가 입을 열었다.

국가비상사태였기 때문인지 모든 의원들이 자리를 차지하고 있었다.

"오늘 우리는 역사 이래 가장 커다란 위기에 직면하고 있습니다. 그동안 산악지에서만 열리던 던전들이 도시에 출몰하면서 불과 한 달 사이에 8천 명에 달하는 무고한 국민들이 희생을 당했습니다. 정말 안타깝고 불행한 일입니다. 이런 와중에도 길드 통제국은 자신들의 잘못을 인정하지 않은 채 국민들을 탄압하고 있습니다. 살기 위해 애쓰던 국민들은 총칼 앞에서 눈물지으며 아무도 지켜주지 않는 자신들의 고향으로 되돌아가고 있습니다. 이게 나라입니까. 국민의 안전을 도모해야 할 정부와 길드 통제국의 무능력으로 인해 수많은 국민들이 지옥에 빠지고 있습니다!"

"옳소!"

"맞습니다. 길드 통제국은 새로운 대책을 마련해야 됩니다."

"정부와 길드 통제국은 국민들을 탄압으로 일관하고 있습니다. 탄압을 풀고 국민들께 머리 숙여 사과하시오!"

정성호가 잠시 연설을 멈추고 의원들을 바라보자 여기저기서 고성이 터져 나오며 찬동하는 자들이 일어섰다.

그 모습을 보면서 내심 빙그레 웃었다.

미리 사전에 입을 맞춘 상태였으니 당연한 일이다.

"정부와 길드 통제국은 자신들의 능력 부족을 인정해야 됩니다. 수많은 국민들을 고통 속으로 몰아넣으면서까지 해결책을 마련하지 않는 그들의 행태가 저는 어리석음의 극치라고 여겨집니다. 우린 이미 미국과 중국, 그리고 일본과 헌터스와프를 맺어 놓은 상태입니다. 최대한 빨리 강대국에게 도움을 청해야 합니다. 도탄에 빠진 국가와 국민을 구해야 된다고 생각합니다. 존경하는 의원 여러분. 따라서 저는 헌터스와프의 규정에 따라 신속한 구제 요청을 제안하는 바입니다."

정성호가 연설을 마친 후 고개를 숙여 인사를 하자 여기저기서 박수 소리가 흘러나왔다.

하지만, 대다수의 의원들은 침묵을 지켰다.

국민들이 죽어가는 상황에서 정성호의 제안은 당연한 것이었지만 길드의 우산 아래 있는 의원들은 쉽사리 찬동하지 못했다.

그럼에도 반대의 의견을 내지 않았다.

사는 것이 급선무다.

정성호의 제안으로 강대국의 헌터들이 들어온다면 대한민국은 그들의 보호 아래 살아남을 수 있을 것 같았기 때문이다.

$$*\qquad*\qquad*$$

"정성호에 대해서 알아봤나?"

"국화와 칼의 멤버. 국회에 친일파가 12명 있다. 놈은 그중의 하나야."

"나머지는?"

"그자의 제안에 찬동한 놈들 대부분이 친미, 친중 계열이지. 전부 합해 35명 정도 된다."

"의중은 뻔하겠지?"

"당연한 거 아니겠나. 벌써 캄보디아와 대만이 중국 수중에 넘어갔어. 일본은 필리핀과 인도네시아에, 미국은 캐나다와 페루 등 남미로 진출했고 러시아는 유럽 쪽을 먹고 있는 중이야."

"강대국이 헌터를 그냥 보내줄 리는 없고, 조건은?"

"막대한 주둔 비용을 지불해야 돼. 하지만, 그게 전부는 아니지. 분명 그들은 서서히 숨통을 죄어 들어올 거야."

"무슨 뜻이냐?"

"이건 순전히 내 개인적인 판단이지만 요즘 돌아가는 꼴을 보면 신 식민지 시대가 열리는 것 같다. 헌터 강대국이 힘없는 국가들을 통합 흡수하는 거지. 지금 강대국의 행태를 보면 알 수 있어. 벌써 미국은 캐나다와 페루와 병합하는 문제를 거론하는 중이니까."

"그게 가능해?"

"앉아서 죽을 수는 없잖아. 지금처럼 던전이 계속 도시에 열리게 되면 힘없는 국가는 강대국의 도움 없이 버텨낼 재간이 없다. 지금 북미 쪽에서 병합이 거론되는 것도 캐나다가 먼저 꺼낸 이야기야."

"결국, 조선 말기처럼 열강들이 노린다는 뜻이군. 정성호는 일본의 개 노릇을 하는 거고. 그렇지?"

"시작에 불과해. 시간이 지날수록 놈들의 수작질은 점점 강해질 거야."

"재밌네. 이 새끼들 하는 짓이 귀엽구만."

제33장

헌터스와프

헌터스와프.

던전이 생긴 이래 줄곧 화두로 전 세계를 달구었던 주제다.

그럼에도 20년 동안 헌터스와프를 현실화한 국가는 아무도 없었다.

당연히 강대국은 헌터스와프에 적극적이었으나 약소국가에서는 필사적으로 헌터스와프를 기피했다.

이유는 간단했다.

재래식 무기가 모두 무용지물이 되어버린 현대 세계, 헌터의 숫자와 능력이 국가의 힘이 되어버린 던전 세계에서 헌터스와프는 스스로 식민지가 되겠다는 항복 선언이나 다름없기 때문이다.

그렇게 기피되었던 헌터스와프가 본격적으로 공론화된 것은 던전이 흰색에서 푸른색으로 변하며 괴물들의 힘이 증폭되어 약소국가의 타격이 점점 심화된 게 원인이었다.

강대국과 달리 헌터의 숫자가 부족한 국가들은 던전이 푸른색으로 변하면서 엄청난 피해가 지속되는 중이었다.

강대국인 미국, 중국, 일본, 러시아, 영국, 인도, 독일 등은 주변의 약소국과 적극적인 헌터스와프를 맺었다.

많이 맺을수록 좋다.

헌터스와프가 실질적으로 가동되는 순간이 온다면 누가 많은 국가를 예속시키느냐에 따라 세계의 주도권을 틀어쥘 수 있었다.

처음에는 파견 병력에 대한 비용 정도와 작전권 정도에 그치겠지만 시간이 지날수록 지원받는 국가들은 결국 스스로 목을 내밀고 합병을 원하게 될 것이다.

대한민국이 미국과 중국, 러시아와 일본 등 주변 국가들과 헌터스와프를 체결한 것은 작년 말의 일이었다.

한국의 헌터 보유 숫자는 애매한 수준이었다.

강대국이라 하기도 어려웠고 약소국의 수준도 벗어난 중간 수준의 국가로 평가되었다.

위기감이 고조되면서 한국도 헌터스와프의 길을 갔다.

국가가 위험한 상황이 되었을 때 최악의 상황을 피하기 위해서는 일견 타당한 조치였다.

정성호의 제안은 국민들에게 폭발적인 반응을 끌어내기에 충
분했다.

사람들은 앞뒤를 재지 않았다.

괴물들의 공격으로 인해 벌써 8,000명이 목숨을 잃는 상황이
발생하자 길드 통제국을 믿지 못하겠다는 여론이 점점 팽배해져
갔다.

그런 배경에는 정성호를 비롯해서 헌터스와프 찬성자들의 적
극적인 여론 선동이 있었다.

그들은 언론과 인터뷰를 통해 헌터스와프의 타당성을 설파하
며 국민들의 생명이 최우선이라는 주장을 펼쳤다.

국민들이 우매하단 논리는 어느 순간이 되면 거짓말처럼 위력
을 발휘한다.

그 순간은 목숨이 위협받거나 경제적으로, 또는 일신상의 이
익이 달렸을 때 극대화된다.

헌터스와프가 발동되었을 때 대한민국이 받아야 할 불이익과
경제적인 손실은 천문학적으로 발생한다는 걸 알면서도 대다수
의 국민들은 강대국의 힘을 빌리고 싶어 했다.

어리석어서 그런 게 아니다.

죽음 앞에서 인간은 언제나 나약한 존재가 되어버린다는 약
점을 정성호 일당이 교묘하게 파고들면서 발생한 일이다.

그런 와중에서 결사 반대하는 사람들도 있었다.

그들은 누구보다 국제 정세를 냉철하게 판단하는 지식인들이 대부분이었는데 시간이 지날수록 강대국에 의해 대한민국의 주권이 침탈당할 수 있다는 걸 알기 때문이었다.

국가는 연일 찬반론자들의 시위로 몸살을 앓았다.

하지만, 시간이 지날수록 헌터스와프를 찬성하는 쪽으로 기울어져 갔다.

도심에서 던전이 발생하는 숫자가 점점 증가하면서 피해가 눈덩이처럼 불어나자 찬성 여론이 압도적인 우세를 차지했던 것이다.

결국 헌터스와프는 국회를 통과하고 말았다.

국민들의 열화와 같은 여론은 길드의 지원을 받고 있는 국회의원들의 마음까지 돌려놓았다.

"도철아, 이거 정상이냐?"

"어쩔 수 없어. 국회는 국가의 정책을 최종 결정 하는 의결기관이야. 정부가 제안했고 국회가 동의했으니 이젠 받아들여야 한다."

"내가 안 되겠다면?"

"무조건 반대할 일도 아니야. 우린 헌터 숫자가 부족해서 아무리 노력해도 사람들의 피해를 막을 수 없어. 국민들이 죽어간다. 자존심을 생각한다면 당연히 거부해야겠지만 국민들을 생각해야지."

"하아, 이거 웃기는구만. 호량이 네 생각은?"

한정유가 커피 잔을 빙빙 돌리다가 시선을 문호량 쪽으로 돌렸다.

아무리 생각해도 더럽다.

힘이 없어서 받아들이는 게 아니라 숫자가 부족해서 그렇다는 사실이 한정유를 더 열 받게 만들었다.

그러나 문호량의 얼굴엔 쓴웃음이 매달려 있었다.

예전에도 그랬다.

그는 언제나 저렇게 웃으며 더없이 냉철한 판단과 결정을 내리곤 했다.

"일단 받자. 막대한 돈이 나가겠지만 일단 국민부터 살리는 게 맞아."

"그 새끼들이 통제국의 일에 관여한다면?"

"그럴 수 없을걸?"

"왜?"

"네가 있잖아. 어떤 새끼가 네가 있는데 통제국 일을 참견할 수 있겠어. 정유야, 우린 다른 약소국과 달라. 네가 있고 우리가 있다. 그러니까 어떤 놈들이 들어와도 함부로 까불지 못해."

"조약에 있는 건 어쩌고?"

한정유가 문호량의 말을 들으며 의문을 나타냈다.

패를 까지 않으려 했던 이유도 그것 때문이었다.

강대국과 맺어놓은 헌터스와프 규정에 따르면 지원을 받은 국가는 작전 시행 계획을 협의해야 하고 모든 지원을 아끼지 않아야 한다는 항목이 있었던 것이다.

하지만, 문호량의 얼굴에는 여전히 웃음이 담겨 있었다.

"성격 많이 죽었네. 마제가 언제 그까짓 종이 쪼가리 때문에 하고 싶은 걸 못한 적 있어?"

"그렇긴 하지. 난 성질나면 일단 패는 성격이니까."

"그러니까 신경 쓰지 마. 용병 정도 고용하는 거라 생각하면 마음이 편해질 거야."

\*          \*          \*

정성호가 일본으로 넘어간 것은 국회에서 헌터스와프가 통과된 다음 날이었다.

그는 곧장 도쿄 외곽에 있는 가케무라 신사를 찾았다.

가케무라 신사는 도쿄에서 동쪽으로 차를 타고 30분이나 가야 하는 거리에 있었는데 그 규모가 거대해서 한눈에 들어오지 않을 정도였다.

신사의 정문에 도착한 정성호는 안내원의 인도를 받아 조심스럽게 발걸음을 뗐다.

올 때마다 무섭다.

신사 전체에 몸이 얼 것 같은 싸늘한 기운이 흘러나와 저절로 몸이 움츠러들었다.

여기저기 보이는 검은 사내들.
칼날같이 새어 나오는 기세.
조금이라도 이상한 짓을 한다면 단칼에 목이 베일 것 같은 위압감은 이곳 신사가 얼마나 무서운 곳인지 단적으로 알려주고 있었다.

안내를 한 사내의 손짓에 정성호가 문을 열고 들어갔다.
방은 차양이 쳐져 반이 가로막혀 있었는데 무거운 기운에 숨조차 쉬기 어려웠다.
조심스레 들어서 머리를 바닥에 조아리자 가래 끓는 목소리가 차양 너머에서 들려왔다.

"왔느냐."
"주공, 맡은 바 임무를 완성했사옵니다. 하문하시면 그동안 있었던 일들을 아뢰겠나이다."
"네가 일을 훌륭히 처리했더구나."
"감사합니다."
"이제 마지막이 남았는데 다른 놈들의 움직임을 말해보거라."
"중국과 러시아가 적극적으로 정부와 협의에 나서고 있습니다."
"미국은?"

"미국은 남미 쪽을 정벌하느라 정신이 없는 상태입니다. 그들은 바다 건너 있기에 소극적인 분위기입니다. 조선이 먼저 합방을 원한다면 모를까 그들이 올 일은 없을 것입니다."

"조선 쪽은?"

"한국은 우리나 중국, 둘 중의 하나를 선택해야 될 것입니다. 러시아는 자국을 방어하기에도 급급한 실정이라 상당한 선이익을 제시할 것이 분명합니다."

"크크크… 그렇겠지."

차양 너머의 인물에게서 기괴한 웃음이 새어 나왔다.

정성호의 분석이 마음에 들었다는 뜻이다.

"곧 공식 협상단을 보내겠다. 가서 조선 정부에 전해. 우리가… 대일본제국이 철통처럼 지켜줄 테니 걱정하지 말라고. 곧 공식 협상단을 보낼 테니 넌 분위기를 잡아놓도록."

"중국이 적극적으로 나서고 있습니다. 어르신, 특별한 대책이 필요합니다."

"그건 걱정하지 마라. 우린 중국 정부가 원하는 금액의 반 가격을 제시할 것이다. 더불어 각종 사항에 대해서 대폭 양보할 것이야. 조선을 먹는 마당에 그까짓 돈이 뭐가 그리 중요하겠나."

"어르신, 길드 통제국의 한정유는 보통 만만한 놈이 아닙니다. 그자를 먼저 제압해야 일이 수월해질 수 있습니다."

"지금 중요한 것은 그놈이 아니라 어떤 수를 쓰더라도 우리가 조선에 먼저 들어가 선점해야 된다는 것이다. 너는 다시 돌아가

서 대일본과 계약이 될 수 있도록 조선 정부의 주요 인사들을
전부 포섭해 놔. 돈은 얼마가 들어도 좋다."

"한국인들은 강대국에게 의지하려는 자들이 부지기수로 많습
니다. 조금만 밑밥을 뿌려도 넘어오는 자들이 많을 것입니다."

"조선에 있는 조직을 총 가동해서 일에 차질 없도록 해야 한
다. 알겠느냐?"

"예, 어르신."

*　　　　*　　　　*

한정유와 간부들은 헌터스와프를 맺은 강대국의 조건들을 하
나씩 분석하며 잘라냈다.

제일 먼저 탈락한 것은 미국이었다.

그 옛날 미국은 전투기를 비롯해서 각종 무기를 비싼 값에 팔
았으나 울며 겨자 먹는 심정으로 살 수밖에 없던 시절도 있지만
지금은 아니었다.

미국은 터무니없는 비용과 각종 조건들을 제시했는데 그중에
는 제주도 조차에 관한 것도 포함되어 있었다.

다음에 탈락한 것은 러시아였다.

러시아가 탈락한 이유는 파견 병력의 숫자가 터무니없이 적다
는 것과 그럼에도 불구하고 미국에 비견될 정도로 많은 비용을
요구했기 때문이다.

모든 조건을 비교 분석했을 때 최상의 파트너는 일본이었다.

가장 낮은 파견 비용, 작전권, 지원에 관한 내용 등이 다른 국가에 비해 월등하게 좋았는데 파견 병력의 숫자도 3,000명에 달했다.

물론 숫자가 많다고 좋은 것은 아니지만 일본의 파견 병력 속에는 20명의 스페셜 마스터와 300명의 골든헌터가 포함되어 중국에 비해 훨씬 강했다.

"언론이 전부 일본이 내건 조건을 대대적으로 보도하고 있어. 거기다 주일 대사가 오늘 기자회견을 열었다. 일본이 이렇게 호조건을 제시한 건 이웃 나라인 한국을 도와야 한다는 사명감 때문이라면서 개나발을 불더만."

"일부 국민들이 일본은 안 된다고 시위를 한다던데?"

"사실이야. 역사적으로 일본은 한국의 숙적이자 원수거든. 시위대가 주장하는 건 간단해. 아무리 나라가 위험해도 일본만큼은 한반도에 들어오지 못하게 해야 된다는 거야. 잘못하면 옛날처럼 치욕을 당할 수 있다는 거지."

"중국은 괜찮고?"

"그 새끼들도 마찬가지지만 우리나라 국민들은 중국보다 일본을 더 미워해."

"지금 과거나 따질 때가 아니잖아."

"그게 국민이라는 존재들이야."

"분석이 다 끝났으면 이제 결정을 내리자. 상황이 급하니 국민들 의견이 통일되기를 기다릴 수는 없잖아."

"어쩔 건데?"

"뭘 어째. 일본이 제시한 3,000명을 받자. 그리고 중국 애들이 보내겠다는 3,000명도 같이 받는 것으로 하자."

"그건 안 돼. 중국까지 확보하려면 천문학적인 돈이 들어. 두 나라의 헌터를 전부 데려오려면 1년에 최소 5조는 필요한데 그 돈을 어디서 충당한단 말이냐. 정부가 한 국가만 선정하려던 것도 예산이 부족했기 때문이야."

"정유야, 혹시 그 새끼들 돈 떼먹을 생각하지 마. 그러면 국제 사회에서 한국의 신용은 똥통에 처박힐 거다."

터무니없는 한정유의 제안에 문호량이 나서며 강하게 반대를 했다.

그러자 김도철이 나서며 비슷한 의견을 내놨다.

하지만, 한정유의 표정은 조금도 변하지 않았다.

상식적인 선에서는 타당한 반론이었으나 그것이 한정유의 생각을 꺾지는 못했다.

"호량아, 네가 저번에 나한테 말했던 거 기억 안 나?"

"어떤 거?"

"그놈들이 오는 이유가 이 땅을 먹기 위한 거라며. 아직도 내 말 무슨 뜻인지 모르겠어?"

"너 설마!"

"일본이나 중국이나 생각은 다른 곳에 가 있는 놈들이지. 그렇다면 우리가 비용을 깎겠다면 자리를 박차고 일어날까?"

한정유가 좌중에 있는 간부들을 빤히 바라보며 말을 꺼내자 한순간 정적이 흘렀다.

계약 조건을 검토하는 동안 유불리만 따지느라 중요한 것을 놓치고 있었던 것이다.

그걸 정확하게 한정유가 집어냈다.


"만약 그놈들이 받아들이지 않는다면?"

"양쪽을 찔러보면 돼. 그자들의 의지가 얼마나 강력한지 테스트해 보면 금방 나올 거다."

"어떻게?"

"배짱으로."

"판이 깨질 수도 있을 텐데?"

"깨지면 할 수 없고. 하지만 생각해 봐. 대한민국을 가격으로 따지면 얼마나 될까? 이런 나라를 먹겠다고 덤빈 놈들에게 고작 1년에 5조가 큰 금액이겠어?"

"역시, 대단해."

"이 새끼들 재밌어. 기껏 3,000명 들어오면서 3조를 내놓으라고?"

"중국이 그랬지. 일본은 1조 5,000억이고."

"그게 그거다. 떨거지 몇 명 보내면서 그런 돈을 내놓으라는 건 우리를 완전히 병신으로 아는 거야."

"얼마나 깎으려고 그래?"

"깎는 게 아니다. 난 처음부터… 그 새끼들한테 돈 줄 생각이 없었어!"

일본과 중국의 실무 협상 대표단이 들어온 사실이 언론에 대서특필되었다.

이제 대한민국의 여론은 그 누가 되었든 상관없는 쪽으로 가닥을 잡기 시작했는데 시간이 지날수록 피해가 커졌기 때문이다.

물론 그 이면에는 일본과 중국의 치열한 여론 몰이가 있었다.

자신들과 친한 인사들을 총 동원해서 자국이 한국의 안보 확보에 최적이라는 여론을 형성했기 때문인데 각각 장단점이 분명했다.

일본은 파견 헌터들의 능력이 중국보다 월등하다는 것을 계속 주장했고, 중국은 필요시 언제든지 추가 병력을 급파할 수 있다는 유리함을 내세웠다.


일본 실무협상단이 길드 통제국에 들어서는 순간 통제국의 분위기는 그야말로 초상집이나 다름없었다.

힘이 없어 원조를 받는 것이란 사실 때문에 통제국 직원들은 참담한 심정으로 일본 실무협상단을 바라봤다.

반면, 일본 실무협상단의 걸음걸이는 당당하기 짝이 없었다.

그 옛날 구한말 시절, 조선을 병합하기 위해 들어오던 그때처럼 일본협상단의 대표 구로다는 여유 있는 웃음을 멈추지 않았다.


일본 실무협상단의 숫자는 모두 합해 7명.

대표인 구로다를 비롯해서 전략, 재무, 복지 등 각 분야의 실무자들이었다.

한정유는 남정근을 비롯해서 통제국 간부들을 이끌고 뒤늦게 협상 장소인 대회의실에 모습을 드러냈다.

예의를 따진다면 원조를 받는 한국 측이 먼저 기다리는 게 순서였으나 한정유는 일본협상팀이 10분이나 기다린 후에야 회의장에 들어섰다.

"안녕하십니까, 길드통제국장 한정유입니다."

"국장님의 명성과 무력은 월드 챔피언십을 통해 익히 알고 있었습니다. 저는 일본협상팀의 대표를 맡고 있는 구로다입니다."

"반갑습니다."

가볍게 고개를 숙인 후 악수를 청해온 구로다의 손을 잡았다.

차갑다.

이렇게 손이 차갑다는 건 빙공 계열의 무공을 익혔다는 뜻이다.

"내부 회의를 하느라 조금 늦었습니다. 이해해 주시길 바랍니다."

"워낙 민감한 사안이니 이해합니다."

"앉읍시다. 먼저 차를 마시고 천천히 회의를 진행하시죠."

"알겠습니다."

준비팀이 내어온 차와 과일이 탁자에 차려졌고 담소가 이어졌다.

한정유가 주로 질문했고 구로다가 답변하는 형식이었다.

일본 헌터들의 숫자를 비롯해서 현재 시행되고 있는 방어 전략, 그동안 입은 피해 등에 관한 것들이었다.

구로다의 입을 통해 나온 답변들은 자신감과 자부심이 가득했다.


"저희 일본의 초인 숫자는 5만 명에 달합니다. 대부분 압도적인 무력을 가졌고 오랫동안 전투 경험을 쌓아온 베테랑들입니다. 저희 일본도 도심에 던전이 열리고 있으나 주요 도시로의 소개령이 내려졌기 때문에 피해가 전무한 상태입니다. 일본은 그어떤 상황에서도 즉각 반응하는 시스템이 갖춰 있어 던전이 발생한 초기에 제압이 가능합니다."


구로다가 설명한 일본의 방어 전략은 간단했다.

소규모 도시는 완벽하게 버리고 중급 도시 위주로 방어선을 형성해서 던전이 발생해도 초기에 효율적으로 대응한다는 것이었다.

그건 한국도 마찬가지다.

하지만, 과연 그 전략이 계속 먹힐 수 있을까?

자신은 던전에 들어간 경험이 있었다.

일본 헌터들의 능력이 얼마나 대단한지 직접 눈으로 보지 못했지만 중력의 평준화가 완벽하게 이루어진다면 일본 역시 커다란 혼란에 빠질 것이 분명했다.

물론 놈들도 알겠지.

자신도 들어갔는데 일본이라고 들어가지 않았을 리가 없다.

그럼에도 한정유는 구로다의 설명을 들으며 고개를 끄덕였다.

자랑질을 하는 놈의 말은 들어주는 게 예의다.

일본인들의 특징은 언제나 상대방에게 극도로 친절하다는 것이었다.

협상팀의 분위기도 그랬다.

협상이 시작되자 한국 측의 심기가 불편하지 않도록 만면에 웃음을 띤 채 일본의 우수함을 역설했고 파견 병력의 통제와 후생 복지에 대해서도 가능한 양보하는 쪽으로 대화를 이끌었다.

웃음 속에 숨어 있는 칼.

그 칼의 존재는 한국 측도 일본 측도 안다.

협상이 진행될 동안 한정유는 한마디도 하지 않고 빙그레 미소를 지은 채 듣기만 했다.

일본 측은 마치 퍼주기 위해 온 놈들처럼 한국 측이 원하는 바를 받아들이고 있었다.

한정유가 나선 것은 오랜 시간이 지나 대부분의 내용들에 대한 조율이 끝났을 때였다.

"자, 대부분은 협상이 끝났으니 마지막 비용 문제에 대해서 이야기를 나눠봅시다. 일본 측은 매년 1조 5,000억을 요구했는데 맞습니까?"

"그렇습니다. 저희 일본은 중국과 다르게 최소의 비용을 산정했습니다."

"나는 이해가 되지 않는군요. 도대체 3,000명의 병력이 들어왔을 뿐인데 그렇게 많은 돈이 필요한 이유가 뭡니까?"

"아시겠지만, 던전에서 쏟아져 나오는 괴물들의 힘은 계속 증가되고 있습니다. 수시로 사상자가 발생하기 때문에 막대한 비용이 필요하죠. 그 비용은 일본 국내 기준에 맞춰 작성한 것입니다. 헌터들의 월급과 복지 후생 비용, 출전 수당, 사상자 발생에 따른 보상금 등 최소 금액이라는 걸 이해해 주시기 바랍니다."

"한국과 일본 양국은 이웃 국가이며 세상에서 가장 끈끈한 동맹 국가입니다. 구로다 씨도 말씀하신 것처럼 일본이 한국을 돕기 위해 온 것은 그런 바탕이 깔려 있는 것 아니겠습니까?"

"당연한 말씀입니다."

"더군다나 헌터스와프의 근본 취지는 특정 국가가 위기에 빠졌을 때 국제적으로 지원해야 된다는 명목 아래 탄생한 조약입니다. 그런 측면에서 봤을 때 과도한 비용 지불은 상호 간의 신뢰를 해치게 될 것입니다."

"병력을 파견하면 지원을 받는 국가가 비용을 충당하는 건 당연한 일입니다. 저는 국장님께서 무슨 말씀을 하시는 것인지 이해하지 못하겠습니다."

"쉽게 말해서 돈에 너무 구애받지 말자는 이야깁니다. 일본이 위험에 처하게 된다면 우리나라도 그렇게 할 테니까요."

"한국이 일본을 지원한다고요?"

"그렇습니다."

얼마나 어이가 없었으면 지금까지 한 번도 미소를 지우지 않았던 구로다의 얼굴이 일그러졌을까.

한국이 일본을 돕는다고?

한정유는 미친놈이 분명했다.

누란의 위기에 처해서 다른 나라의 도움이나 받는 주제에 이게 무슨 개소리란 말인가.

빤히 쳐다봤다.

길드통제국장 한정유.

미리 입수한 정보에 따르면 특급 스페셜 마스터로 분류될 만큼 막강한 무력을 지녔고 심성은 패기로 똘똘 뭉쳐진 자라 알려져 있었다.

더불어 상황 판단이 뛰어나 통제국을 이끌면서 단시간 만에 길드의 목줄을 틀어쥐는 데 성공한 자였다.

그런 자가 이런 말도 안 되는 짓을 할 때는 그 이유가 충분히 있을 것이다.

"그렇다고 우리가 파견 병력에 대한 예우를 전혀 하지 않겠다는 뜻이 아닙니다. 우린 우릴 도와주러 온 일본 병력들에게 최상의 대접을 해줄 생각이오. 아시겠지만 우리나라는 지금 괴물에게 당한 상처로 인해 자금이 부족한 상황입니다. 따라서, 일본이 제시한 금액은 후불로 지불하겠소. 대신, 일본이 위기에 처했을 때 우리가 돕는 상황이 된다면 상쇄해 나가는 것으로 합시다."

"후불이라면 언제를 말씀하시는 겁니까?"

"1년 후."

구로다의 표정이 다시 변했다.

자신이 받은 지상 명령은 어떡하든 조선에 진출해서 교두보를 확보하는 것이지 그까짓 몇 푼의 비용에 좌지우지될 성질이 아니었다.

그렇기에 구로다는 말을 마친 후 자신을 빤히 쳐다보는 한정유를 향해 천천히 입을 열었다.

"제 선에서 결정할 내용이 아니군요. 상부에 보고하고 다시 의논해야 될 것 같습니다. 하지만, 일본 정부에서는 한국을 돕는 대의가 우선이기 때문에 좋은 결론이 도출될 수 있을 것입니다. 대신, 저희들도 조건이 있습니다."

"뭡니까?"

"우리가 입수한 정보에 따르면 통제국은 중국과도 협약을 체결할 생각이더군요. 그 협약을 봉쇄해 주십시오."

"이유는?"

"중국이 들어오면 작전 체계가 혼란스러워지기 때문입니다. 한국의 안보는 일본이 충분히 안정시킬 수 있으니 중국을 배제해 주시면 고맙겠습니다."

"우리가 중국과 협약을 맺으려는 이유는 헌터의 숫자가 부족하기 때문입니다. 일본 측에서 추가로 더 병력을 보내준다면 고려해 보죠."

터무니없는 제안에 구로다의 표정이 시커멓게 죽었다.

한국에 파견 보내는 병력도 쥐어짜서 만든 것이다.

이미 여러 나라에 병력을 파견한 상태였기 때문에 추가 병력
은 때려죽여도 만들 수 없는 실정이었다.


                    *            *            *


1년의 시간을 벌었다.

일본은 물론이고 중국마저 한정유의 제안을 받아들였다.

당연한 일이다.

그들이 내심 품고 있는 야욕으로 봤을 때 비용 문제는 그리
중요한 것이 아니기 때문이다.

하지만, 이제부터가 진짜다.

양 국가에서 보내는 헌터 사령관들은 한국의 식민지화란 임
무를 띠고 들어올 테니 사사건건 충돌이 발생하게 될 것이다.


일본과 중국의 병력들이 들어온 것은 헌터스와프가 체결된
지 보름이 지났을 무렵이었다.

일본의 파견 사령관 이노우에와 중국의 왕첸은 각각 호위병을
대동한 채 길드 통제국으로 들어섰는데 그 위세가 사뭇 당당했
다.

한정유는 국장실에 들어온 이노우에와 왕첸을 바라보며 쓴웃음을 지었다.

벌써 스와프 때문에 왔던 놈들과 그 분위기가 달랐다.

앉는 자세부터 다르다.

이노우에와 왕첸은 국장실에 들어와 소파에 편히 앉았는데 마치 제집 안방에 온 것 같은 모습들이었다.


기세를 완벽하게 갈무리한 그들의 모습을 보며 다시 한번 웃었다.

현경의 경지에 완벽하게 오른 자들.

그것도 완숙을 넘어 끝을 향해 달리는 절대의 고수들이 분명했다.


"환영합니다. 오시느라 고생했습니다."

"한국이 처참한 상황에 처했다는데 고생이랄 게 뭐가 있겠습니까. 이제부터는 우리 중국이 도울 테니 걱정하지 마시오."


한정유의 인사말에 왕첸이 여유 있게 대답했다.

처음부터 기세를 제압하겠다는 의도가 역력하게 보이는 태도였다.

그 모습을 보는 이노우에의 눈이 날카롭게 빛났다.

왕첸의 태도에 반응하는 한정유의 표정이 의외였기 때문이다.


"고마운 말씀입니다. 우린 양국의 도움에 감사하며 최대한의 지원을 아끼지 않을 생각입니다."

"상황이 급하다고 들었습니다. 어느 정도입니까?"

"일주일에 평균 3개 정도의 던전이 도심에서 열리고 있습니다. 지금까지 27,000명이 목숨을 잃었고 물질적 피해는 계산이 되지 않을 정도지요. 지방의 소도시는 포기하고 인구 10만 이상의 도시 방어에 집중하고 있는 상황입니다. 그러나 헌터 숫자가 현저히 부족해서 피해가 계속 발생하는 중입니다."

"지원 병력을 긴급하게 투입해야 될 것 같은데 방어 전략은 구상하셨습니까?"

"먼저 양국의 의견을 들어보고 결정해야겠죠. 중국과 일본의 파견 병력은 독립적으로 움직여야 될 테니까요. 그렇지 않습니까?"

이노우에의 질문에 한정유가 반문했다.

처음부터 패를 깔 이유가 없었다.

분명 일본이나 중국은 자신들의 계획을 지닌 채 입국했을 테니 그것부터 확인할 필요가 있었다.

"우리가 부산을 비롯해서 경상도를 맡겠습니다. 일본과 지리적으로 가깝고 언제든 본국에서도 지원이 가능하니까요. 중국이 전라도 쪽을 맡으면 될 것 같은데 어떠십니까?"

이노우에가 왕첸을 쳐다봤다.

이것들이 웃긴다.

자신을 제쳐놓고 아예 두 놈이 나눠 먹겠다는 생각이다.

"좋은 생각이오. 어차피 한국은 서울과 수도권을 지켜야 할 테 니 그게 가장 현명한 것 같구려."

미리 조율이 있었나?
두 놈의 태도를 보니 뭔가가 있는 것 같다.
일본은 경상도, 중국은 전라도. 그것도 길드 통제국의 통제에 서 완벽하게 벗어나 양 지역을 장악하겠다는 속셈이다.
그럼에도 한정유는 얼굴에서 웃음을 지우지 않았다.

"역시, 사령관들께서는 식견이 뛰어나시군요. 우리 쪽도 그런 방안을 가지고 있었습니다."
"그랬나요?"

한정유가 입을 열자 두 놈의 표정이 슬쩍 굳어졌다.
너무 의외의 반응이었기 때문이다.
무식한 건가, 아니면 생각이 모자란 건가.
한국에서 전라도와 경상도를 분할해서 장악하게 되면 일본과 중국은 교두보를 확실하게 구축할 수 있는 토대를 마련하게 된 다.
그랬기에 이노우에와 왕첸의 눈빛이 강렬하게 빛났다.
한정유가 이렇게 나온다는 건 다른 속셈이 있다는 걸 의미하 는 것일 테니.

"그럼 방어선은 그렇게 하는 것으로 결정합시다. 대신 한 가지 약조해 주실 게 있습니다."

"그게 뭡니까?"

"맡은 바 임무를 충실히 수행해 주시오. 그리고 한국 국민들을 대함에 있어 법에 위반되는 경우가 있다면 그 누가 되더라도 조약에 따라 처벌될 겁니다."

"그런 경우가 생긴다면 자국법에 따라 우리가 처리할 테니 걱정하지 마시오."

"두 번 말하게 만드시는군. 다시 정확하게 말씀드리지. 법을 위반하면 당신들이 아니라 우리 통제국이 처리합니다. 사령관들께서는 내 말을 명심하시오. 우린 법을 위반하는 자들에겐 가차없는 형벌을 내릴 거요."

제34장

# 여기는 우리 땅이다

사회의 혼란은 극에 달했다.

언제 어느 때 나타날지 모르는 던전의 공포.

중국과 일본의 헌터들이 들어오면서 잠시 가라앉았던 공포는
계속 도심에서 던전이 발생하는 양상이 이어지자 더욱 커다란
공포로 자리 잡았다.

경제는 점점 마비되었고 사람들의 생활은 피폐해지기 시작했
다.

공장들은 정지되었고 극심한 인플레이션이 발생해서 화폐의
가치가 무섭게 떨어졌다.

괴물들도 무서웠지만 경제가 무너지기 시작한 것도 국민들에
게 엄청난 고통을 주기 시작했다.

대한민국만의 문제가 아니라 전 세계에 동시에 발생된 문제였기에 해결책이 마땅치 않았다.


사람은 생활을 영위하기 위해 농사를 짓고 공장에서 일을 하며 하루하루를 살아간다.

하지만, 당장 목숨을 위협받게 되는 상황에 놓이자 자연스럽게 일손을 놓았다.

일주일에 평균 세 번 꼴로 열리던 던전의 숫자는 점점 많아져 저번 주에는 다섯 번이 열렸다.

도심에서 열린 숫자가 그렇다는 뜻이다.

산 쪽에서 열린 숫자는 저번 주에만 12번이었으니 괴물들을 방어하는 헌터들은 잠시도 쉬지 못한 채 매일 출동했다.

더군다나 이제 던전은 녹색에서 또다시 빛이 변하며 보라색을 띠고 있었다.


점점 강해지는 괴물들.

괴물들을 상대하는 헌터들의 피해가 지속적으로 발생했고 전투 시간도 점점 늘어났다.

던전이 보라색을 띠면서 괴물들의 힘은 초창기보다 5배는 강해져 이젠 스켈레톤조차 일반 헌터로 감당하기 힘들 정도였다.

지금까지의 패턴으로 봤을 때 던전이 보라색으로 완벽하게 변하면 괴물들의 힘은 6배로 늘어날 것이다.

다시 말해 시간이 지날수록 더 힘든 싸움을 지속해야 된다는 뜻이다.

그나마 다행인 것은 국토의 반을 중국과 일본의 헌터들이 방어해 줬다는 것이었다.

만약 일본과 중국의 헌터들이 들어오지 않았다면 한국은 훨씬 커다란 피해를 입은 채 상당수의 도시를 방어선에서 제외하는 상황에 직면했을 것이다.

벌써 헌터스와프에 의해 중국과 일본의 병력이 한국에 들어온 지 3개월이 지났다.

그 기간 동안 일본과 중국은 벌써 10%의 병력을 잃었다.

어이가 없었다.

던전의 변화가 너무 빨랐고 병력이 쓰러질 때마다 구로다는 이를 악문 채 시뻘건 눈으로 상부를 향해 소리를 질렀다.

이렇게 죽기 위해 한국에 온 것이 아니었다.

대일본의 영광스러운 선봉대로 한국을 접수하기 위해 왔지 얌전한 양의 행세를 하면서 괴물들을 상대하기 위해 온 것이 아니다.

아무리 생각해도 뭔가 잘못되어 가고 있는 것 같았다.

외신의 보도를 통해 흘러나오는 세계의 흐름이 심상치 않았다.

미국은 물론이고 러시아와 영국, 인도 등이 외국으로 내보냈던 헌터들을 다시 본국으로 송환한다는 뉴스가 나오기 시작했다.

강대국들이 헌터들을 다시 복귀시킨다는 의미는 자국의 안전이 원활치 않다는 걸 의미하는 것이었다.

구로다의 항의에 본국에서는 조금만 더 기다려 보라는 답변만 할 뿐이었다.

욕심이 과하다.

그가 아는 한 일본의 처지도 그리 녹록지 않은 실정이었다.

한국처럼 일본에서도 던전이 수시로 열리며 점점 방어선이 좁아지고 있었기 때문이다.


무엇보다 그의 신경을 건드리고 있는 건 한국의 길드 통제국에서 파견 나온 감찰단 놈들이었다.

본국에서는 욕심 때문에 너무 많은 것을 양보하면서 통제국의 감찰을 받아들였는데 파견 병력의 일거수일투족이 놈들의 감시를 피하지 못했다.


부하들의 불만은 극으로 치달았다.

한국을 식민지 삼기 위해 파견된 정복자들이 오히려 감시를 받고 있다는 사실과 점점 변해가는 상황에서 목숨이 위협받게 되자 모든 불만이 통제국에서 나온 감찰단으로 향했다.

구로다의 고민은 깊어질 수밖에 없었다.

정복자는 정복자답게 살아야 한다.

경상도를 방어하면서 300명이란 희생자가 나왔음에도 부하들은 제대로 정복자다운 삶을 살지 못했다.

왜, 무엇 때문에 다른 나라에 와서 목숨을 바쳐 싸운단 말인가.

정부의 욕심을 알지만 이건 아니란 생각이 점점 강해졌다.


통제국 감찰단 소속 제1팀장 문성호는 부산 쪽을 담당하고 있었다.

일본 파견 병력은 총 5개로 나뉘어 경상도 전역에 포진했는데 부산도 그중 하나였다.

문성호는 한정유의 명을 받아 50명의 감찰단원을 이끌고 내려와 일본 병력이 포진한 곳으로 다시 배치했다.

그가 받은 명령은 단 하나.

일본 파견 병력이 업무를 소홀히 하고 국민의 안전을 등한시하거나 불법을 저지를 경우 즉시 상부에 보고하고 범법자를 체포하는 것이었다.


일본 파견 병력의 사령부는 부산에 있었기 때문에 팀장인 문성호는 직접 10명의 감찰팀원들을 이끌고 첩보 활동을 해왔다.

일본의 움직임은 작은 사건들이 몇 가지 있었지만 대체적으로 모나지 않았다.

나름대로 던전이 열릴 경우 즉시 출동 체계를 갖추어 방어선을 형성했고 헌터들을 철저히 통제해서 불법을 저지르는 경우가 거의 없었다.

상황이 변하기 시작한 것은 일주일 전부터였다.

대구 쪽에서 3명의 일본 헌터들이 술을 마신 후 여자를 강간한 사건이 발생하더니 여기저기서 사고가 터지기 시작했다.

시민을 폭행하는 건 다반사였고 수시로 강간 사고가 발생했다.

물론 도심에서 던전이 발생한 이후 사회가 불안해지면서 일반인 사이에도 수시로 발생하는 사건들이었으나 문제는 처음과 달리 일본 사령부 쪽에서 조사 자체를 거부한다는 것이었다.

규정에 의한 감찰 권한을 말했지만 소용이 없었다.

일본 사령부는 감찰 권한을 인정하지 않으며 말썽을 일으킨 헌터들을 내줄 수 없다는 입장만 거듭 주장하고 있었다.

문성호는 오늘도 일본 사령부에 들어갔다가 냉대를 받으며 쫓겨 나왔다.

성질 같아서는 쑥대밭으로 만들고 싶었으나 상부에서 곧 조치가 있을 거라며 기다리라는 지시를 했기에 그냥 빠져나올 수밖에 없었다.

울분이 쌓여 가슴이 답답했다.

일본의 행동이 변하기 시작한 것은 강대국에서 다른 나라에 파견 보냈던 병력이 속속 복귀한다는 뉴스가 나오고 난 다음부터였다.

소문에 의하면 곧 일본 측도 헌터스와프를 무산시키고 복귀할 거란 이야기가 솔솔 흘러나오고 있었다.

어쩌면 당연한 수순일지 모른다.

일본 측은 적당히 방어를 하다가 한국이 무너지는 순간 식민지를 삼으려는 야욕을 숨기고 있었을 것이다.

그 옛날 구한말처럼.

하지만, 지금은 그때처럼 한국이 녹록하지 않았다.

길드 통제국장 한정유를 중심으로 한국의 헌터들이 아직까지 생생하게 버티며 일본의 참견을 완벽하게 견제했고 상황이 바뀌어 일본마저 위험에 처하자 파견 병력의 태도가 백팔십도로 바뀌었다.

일본 파견 병력이 사고를 치기 시작한 건 인내력의 한계에 도달했다는 뜻이다.

적당히 신뢰를 얻은 후 때를 노리던 음흉함이 상황이 변하면서 터진 거다.


일본 사령부에서 나온 문성호는 팀원인 주동철과 함께 저녁 식사를 한 후 근처에 있는 맥주집으로 향했다.

이대로 숙소에 돌아간다면 답답함 때문에 견디지 못할 것 같았다.

맥주집은 사람이 많지 않았다.

부산시청 옆에 있는 대형 맥주집이었으나 손님들의 숫자는 채 20명도 되지 않았다.

던전이 도심에서 열리기 전에는 손님들로 꽉꽉 들어찼을 정도로 유명한 집이었으나 이젠 파리가 날아다닐 정도다.


간단한 맥주를 시켜놓고 맥주를 들이켰다.

가슴의 답답함이 술을 마시는 속도를 빨라지게 만들었다.

강간, 강도, 폭행.

이런 범죄는 사회가 불안할 때 언제든지 발생하는 사건들이었으나 그 주체가 일본인들이라면, 그것도 자신이 감찰 임무를 시행해야 하는 대상이기에 더욱 화가 났다.

헌터의 임무는 선량한 사람들을 지키는 것이 최선의 목적이었으나 놈들은 후퇴가 가까워지자 미친 짓을 하기 시작했다.

일단의 무리가 시끄럽게 떠들며 들어온 것은 빈 맥주병이 다섯 병이 넘었을 때였다.

들려오는 일본어가 술잔으로 향했던 문성호의 시선을 잡아끌었다.

들어온 자들의 숫자는 10명.

검은 갑옷을 입었고 왼쪽에 동일한 견장을 했는데 일본 사령부 소속의 전투 병력임이 분명했다.

놈들은 홀로 들어와 중앙에 자리 잡았다.

커다랗게 웃고 떠드는 그들의 행동은 안하무인이 따로 없었다.

처음 한국에 들어왔을 때와는 전혀 다른 행동.

문제가 터진 것은 놈들 중 둘이 창가에서 맥주를 마시고 있던 3명의 여자에게 다가가면서 발생했다.

여자들은 20대 후반으로 보였는데 꽤나 예쁜 얼굴을 가지고 있었다.

불을 보듯 뻔한 결과.

3달이 넘도록 여자 구경을 못한 놈들이었으니 상부의 규제가 풀리자 발정난 개새끼들처럼 여자들을 희롱했다.

"꺄악, 왜 이래요!"

징그러운 미소를 지으며 한 놈이 손을 잡아끌자 여자의 입에서 비명 소리가 흘러나왔다.

그리고 곧 다른 쪽에서도 비슷한 비명이 나왔다.

다른 한 놈이 여자의 어깨를 움켜쥔 것이다.

문성호가 자리에서 일어난 것은 여자들이 놈들에 의해 중앙으로 끌려 나올 때였다.

"멈춰, 이 개새끼들 뭐 하는 짓이야!"

"죽고 싶지 않으면 꺼져. 오랜만에 괜찮은 여자를 만나서 내가 조금 바빠. 지금 사라지지 않으면 팔다리를 뽑아주마."

"나는 대한민국 길드 통제국 감찰단의 문성호다. 지금 당장 그 손 놓지 못해!"

"호오, 어쩐지 기세등등하더라. 네가 우리를 졸졸 따라다닌다는 강아지구나. 그런데 어쩌지. 난 그렇게 못 하겠는데. 이 여자는 우리 조장님께 드릴 진상품이거든."

놈의 시선이 움직이는 곳을 따라 중앙 상단에 앉아 있는 쪽으로 눈을 돌렸다.

그곳에는 30대 후반의 남자가 있었는데 칼자국이 난 얼굴에는 싸늘한 미소가 담겨 있었다.

이런 상황에서 웃어?

자신의 정체를 밝혔음에도 웃는다는 건 놈들이 전혀 행동을 멈출 생각이 없다는 걸 의미했다.

"내 소개는 들었을 거고, 당신 정체를 밝혀."

"난 신풍 5조의 사이토다."

"여기서 멈추면 그냥 돌아가게 해주마. 그러지 않을 경우 너를 비롯해서 여기 있는 모두는 법에 따라 처벌될 것이다."

"웃기는군. 이봐, 감찰나으리. 나는 조선에 와서 3달 동안 상부 눈치 보느라 여자 구경도 못했어. 너희를 지켜주러 온 우리가 매일 밤 다리나 긁으며 잔다는 게 말이 된다고 생각해?"

"그래서?"

"눈치가 있는 놈이면 벌써 도망갔어야지. 여기 부산을 비롯해서 경상도 전체는 일주일 전부터 우리 대일본이 접수했다. 아직도 분위기 파악을 못 했단 말이냐?"

"미친 새끼."

머리가 쭈뼛 섰다.

놈의 잔인한 미소에서, 그리고 천천히 일어서는 일본 헌터들의 모습에서 일본의 움직임을 눈치챘던 것이다.

아, 놈들은 후퇴를 선택한 것이 아니라 경상도를 장악하려고 작정한 게 틀림없었다.

어쩐지 이상하다고 했다.

놈들은 이곳에 그냥 들어온 게 아니라 자신을 추적해 온 모양이다.

여자를 희롱한 건 유희에 불과했고 자신을 죽이기 위해 따라온 놈들이다.


천천히 칼을 빼 들었다.

머릿속에서 온갖 생각이 터지며 혼란스러웠다.

다른 팀원들은 벌써 당했을까.

일본 쪽이 자신을 처단하기 위해 왔다면 경상도 전역에 나가 있는 부하들의 안전이 위험했다.

만약 중국 놈들도 이 새끼들과 같은 생각으로 움직였다면 상당한 숫자의 감찰단 식구들이 이미 저승의 컴컴한 동굴 속을 헤매고 있을 것이다.

그럼에도 문성호는 칼을 꺼내 들며 어느 샌가 자신을 에워싸고 있는 일본 헌터들을 향해 진격세를 잡았다.

옆으로 주동철이 다가와 좌측을 견제했지만 워낙 숫자에서 차이가 났기 때문에 빈 방위가 많았다.


단순한 놈들이 아니다.

자신들을 포위한 일본 헌터들은 전부 새파란 기세를 나타냈는데 특히 조장인 사이토가 칼을 뽑자 도기가 삼 척이나 솟구쳤다.

골든헌터인 자신보다 훨씬 고수란 뜻이었다.

놈의 도기를 보면서 침을 천천히 삼켰다.

숫자에서도 밀리고 무력에서도 차이가 난다는 건 이곳이 자신의 무덤이 된다는 걸 의미했다.

두렵나?

아니, 그렇지는 않다.

무인으로 당당하게 살아왔으니 죽음 같은 건 두렵지 않다.

단 한 가지, 마음에 걸리는 것은 자신을 믿고 따라온 부하들의 안위를 끝내 돌보지 못했다는 것이다.


"뭐 해, 이 새끼들아. 날 죽이기 위해 왔으면 빨리 끝내. 내가 몇 놈은 멋들어지게 데려간다."


문성호의 일갈에 포위망을 구축했던 일본 헌터들의 얼굴에서 징그러운 웃음이 피어났다.

한 자루 칼이 되어 이를 악무는 문성호의 기세도 놈들의 잔인함을 멈추게 만들기엔 부족한 것 같았다.

하지만, 놈들의 웃음은 문득 흘러나온 한 줄기 굵은 음성으로 인해 서서히 지워졌다.


"그렇게는 안 되지. 저런 쪽발이들한테 죽으면 쓰나!"


정문을 통해 들어온 사나이.

붉은색 갑옷을 입은 채 길드 통제국의 최정예 병력을 이끌고 들어온 사람은 바로 감찰단장 김도철이었다.

김도철은 싸늘한 시신이 되어 바닥에 쓰러진 자들을 잠시 지켜본 후 대원들에게 둘러메도록 지시를 내렸다.

맥주집은 난장판으로 변해 버려 영업을 더 이상 하지 못할 정도로 엉망이었다.

치열한 격전이 펼쳐진 게 아니라 일방적 도살이었으나 초인들의 싸움은 언제나 주변을 초토화시키기 때문이다.

일본 측에는 골든헌터가 둘이나 포함되어 있었지만 김도철과 감찰단 최정예 병력이 나선 이상 살아남는 건 처음부터 불가능한 일이었다.

일본의 의도를 파악하는 건 일도 아니었다.

그럼에도 참았던 것은 마지막까지 놈들의 힘을 이용하기 위함이었다.

하지만, 경상도에 포진했던 일본 헌터들이 던전이 열렸음에도 출동하지 않는 순간 한정유는 드디어 칼을 빼 들었다.

도움이 끝났다면, 그리고 그 결과가 국민들의 처참한 희생이 뒤따르는 것이라면 그대로 방치한다는 건 말이 안 된다.

한번 칼을 빼어 든 한정유는 가차 없이 응징을 시작했다.

일본 측과 그동안 내통을 해왔던 친일 분자들을 전부 색출해서 한꺼번에 처형시켰고 친중 분자들 역시 깨끗하게 정리해 버렸다.

마제에게 배신이란 오직 죽음뿐이다.


일본과 중국이 야수의 이빨을 드러낸 것은 두 가지 이유 때문이었다.

던전이 완벽하게 보라색으로 변한 것과 일본을 비롯해서 미국과 중국, 러시아에서 나타난 8등급 괴수 마이탄의 출현이 그 이유였다.

처음으로 세상에 등장한 8등급 괴수 마이탄.

전고 12m에 달하는 마이탄은 영토가 넓은 강대국에서 출현했는데 무려 3일 동안 도심지를 쑥대밭으로 만든 후에야 각국의 초특급 스페셜 마스터의 협공으로 겨우 죽일 수 있었다.

그 와중에 죽은 헌터들의 숫자는 부지기수였다.

당장 일본만 해도 오사카에 나타난 마이탄 군단에 의해 300명의 헌터와 17,000명의 일반인들이 목숨을 잃었다.


마이탄은 마치 호위병을 거느린 것처럼 와이번과 헬하운드를 이끌고 나타났기 때문에 일본을 비롯한 강대국들은 스페셜 마스터를 10여 명이나 잃은 후 보라색 던전에서 나온 괴물들을 겨우 제압할 수 있었다.


그런 와중에도 일본과 중국은 그 못된 야욕을 버리지 못하고 한국을 식민지화하기 위해 병력을 철수시키지 않았다.

한국이 지닌 지정학적 중요성이 두 나라에겐 너무나 중요했기 때문이다.

일본은 대륙으로 진출할 수 있는 교두보였고 중국에게는 태평양를 넘볼 수 있는 발판이 바로 한국이었다.

김도철은 맥주집을 빠져나와 일본 사령부가 있는 부산타워 앞으로 다가간 후 정문 앞에 팔짱을 낀 채 서 있는 한정유를 발견했다.

일본 파견 병력을 처리한다는 결정을 내리자마자 한정유는 5개의 길드 병력을 이끌고 경상도 쪽으로 내려왔다.

전라도 쪽은 문호량이 맡았다.

그는 통제국 병력을 포함해서 4개의 길드 병력을 이끌고 중국 사령부 쪽으로 향했다.

"피해는?"

"감찰단 37명이 당했어. 우리가 조금 늦었더군."

"우리 생각대로였지?"

"씨발놈들이 암중으로 지랄을 해놨더구만. 연루된 공무원들은 모두 체포했고 부산시장과 대구시장은 바로 목을 쳤다. 살려둘 가치도 없는 놈들이었어. 국민은 죽어가는데 지들 혼자 살자고 돈이나 받아 처먹었으니 칼밥도 같이 처먹어야지."

"그럼 들어가 볼까?"

"이 새끼들 준비하고 있을 거야."

"반항하면 다 죽인다. 우린 덤비는 놈들을 놔둔 적이 없잖아."

"일을 크게 벌이면 피곤할 텐데?"

"괜찮다. 이 새끼들 다 죽여도 일본 놈들은 넘어올 정신이 없어. 와도 상관없고."

"패기 하나는 끝내줘."

"빌딩 좋네. 여긴 우리가 써야겠다. 내가 처리할 테니 애들은 뒤에 따라오라고 그래. 괜히 피해를 볼 이유 없어."

"오케이."


한정유가 천천히 부산타워를 향해 걸음을 옮기자 김도철이 뒤로 처져서 팀원들을 향해 지시를 내린 후 급히 따라붙었다.

53층의 부산타워는 부산의 명물 중 하나다.

일본 사령부는 이곳에서 맨 꼭대기 5개 층을 쓰고 있었는데 거주하는 병력만 800명에 달했다.

플라잉카 주차장이 옥상 쪽에 위치하고 있었기 때문에 헌터 사령부는 대부분 상층부에서 근무를 한다.


아직 일본 측은 한정유가 내려온 걸 모르는지 경계 병력의 숫자가 현저히 적었다.

무극도를 칼집 채 휘둘러 앞을 가로막아 온 5명을 쓸어버린 후 엘리베이터에 올라탔다.

초고속 엘리베이터가 작동했음에도 워낙 최신식 건물이었기 때문인지 소음 소리 하나 들리지 않았다.


땡!


엘리베이터가 서는 소리.

그리고 문이 열리며 보인 검은 갑옷을 입은 헌터들.

헌터들의 숫자는 대략 30명 정도.

놈들은 현관에서 연락을 받았던지 엘리베이터를 중심으로 원형진을 형성하고 있었는데 이미 병장기를 꺼내 든 상태였다.

여유 있게 내렸다.

그런 후 병력의 중앙에 있는 중년인을 향해 입을 열었다.

중년인은 왼쪽 어깨에 있는 화려한 금장은 스페셜 마스터를 상징하는 표시라 들었다.

"무슨 환영이 이렇게 거창해. 사령관은 어딨어?"

"여기가 죽을 자리란 건 알고 왔느냐?"

"어이, 쪽발이. 죽을 자리는 말이야. 죽는 놈이 눕는 곳이야. 너처럼!"

한정유의 손이 올라가는 순간 흰색 광채가 맺혔다가 폭사되어 나갔다.

권강.

공간을 압축하며 터져 나간 권강이 중년인의 몸을 강타한 것은 눈 깜짝할 사이에 벌어진 일이었다.

그러나 타격에 의한 충격은 전혀 없었다.

중년인은 조금도 움직이지 않은 채 그 자리에 서 있었는데 충격을 받은 흔적은 보이지 않았다.

하지만, 그의 눈은 이미 죽어 있었다.

적의를 드러내며 새파란 빛을 뿜어내던 그의 눈은 회색빛으로 변해 있었다.


스르륵 무너지는 신형.

소름이 끼칠 정도로 끔찍한 광경이 연출되었다.

중년인은 온몸의 뼈가 가루가 된 것처럼 스르륵 주저앉았는데 마치 죽은 문어의 형상과 비슷했다.


"거기 그대로 있어. 움직이면 다 죽는다. 살아서 돌아가 가족들을 만나라. 너희들이 무슨 잘못이 있겠냐."


헛소리.

이를 드러내지 않은 채 흘러나온 음성.

한정유의 스산한 목소리에 원진을 형성하던 일본 헌터들의 눈에서 두려움이 피어올랐다.

지금 바닥에 쓰러져 있는 자는 원정군의 서열 5위 마사키였고 그들의 수준에서는 넘볼 수조차 없는 대단한 무인이었다.


싸워야 하는 게 맞다.

자신들을 이끌던 우두머리의 죽음 앞에서 두려움을 느끼는 것은 무사로서 치욕이다.

그럼에도 그들은 움직이지 못했다.

한정유가 뿜어내고 있는 미증유의 거력이 그들의 온몸을 압박해서 옴짝달싹 못 하게 만들고 있었기 때문이다.


한정유가 문을 열고 들어서자 10여 명의 인물들이 기다리고 있는 게 보였다.

중앙에는 일본 사령관 이노우에가 서 있었는데 그는 이미 자신의 검을 왼손에 쥔 상태였다.


"직접 올 줄은 몰랐군. 한정유, 설마 너희 둘만 온 건 아니겠지?"

"너희들 정도는 나만 와도 돼."

"건방진 놈. 처음 볼 때부터 마음에 들지 않았어."

"나도 그래. 우리나라가 쪽수가 모자라서 어쩔 수 없이 너희들을 받아들였지만 너희들이 와 있는 거 별로였거든."

"이제 우린 너희를 도와준 보상을 받을 생각이다. 의외로 너희 나라엔 우리를 좋아하는 자들이 많아서 그렇게 어렵지 않았다. 돈은 필요 없고, 우린 경상도를 가질 생각이야. 괜찮지?"

"일본을 좋아하는 놈들이 많은 건 사실이야. 역사적으로 대한민국 사회에서 그런 새끼들이 큰소리치면서 산 것도 사실이고. 하지만 그런 놈들은 이제 이 세상에 없다. 네 눈에는 물로 보였는지 몰라도 우린 꽤나 잔인해서 그런 놈들을 살려두지 않거든."

"크크크… 벌써 움직였어?"

"그게 뭐가 대수라고. 너희들 하는 짓 정도는 손바닥에 놓고 지켜봤어. 대가리 돌아가는 게 뻔하니까."

"가소로운 놈."

"보상으로 경상도를 달라고 그랬냐. 그럼 가져라. 대신 우린 동경을 포함한 너희 일본 전체를 가질 테니 그렇게 해."

"배짱으로 보이지는 않고 어리석은 건가, 아니면 무모한 건가?"

"왜 그렇게 생각하지?"

"혼자 온 것부터 그렇다고 생각하지 않나. 통제국장과 감찰단장. 너희 둘만 죽이면 경상도는 물론이고 한반도 전체를 먹을 수 있겠다. 중요한 위치에 있으면 그에 맞는 행동을 해야지. 그렇게 발작적으로 사니까 병신들이 될 수밖에. 너희 같은 쓰레기들 때문에 조선이 항상 일본에 먹히는 거야."

"너 혹시 눈이 삐었다는 말 들어봤어?"

"무슨 소리냐?"

"상대가 누군지 모르고 게거품을 무는 양아치 새끼들 눈깔은 장식품이기 때문에 눈이 삐었다는 말을 듣는다. 오케이, 여기 있는 너희 11명의 목숨 정도로 끝내줄게. 나머지는 그동안 우리나라를 위해 싸워준 게 있으니까 살려 보내주마. 비록 막판에 더러운 짓을 했지만 300명이나 죽었으니 퉁치는 걸로 하자."

한정유가 하얀 웃음을 지으며 등 뒤에서 무극도를 풀어냈다.

전면에 서 있는 11명의 사내들.

금장 견장을 찼으니 전부 스페셜 마스터란 뜻이다.

더군다나 이노우에는 현경의 끝자락에 있는 자였으니 충분히 자신감을 보일 만했다.

하지만, 한정유는 무극도를 꺼내며 웃음을 잃지 않았다.

"도철아, 뒤로 물러나 있어."

"쉬라고?"

"응, 다치면 아프니까. 그리고 네가 있으면 활개치고 다니기 힘들어."

너희들 지천의 경지에 달한 고수 처음 보지?

아마 그럴 거야.

그리고 그 처음이 마지막이 되는 것을 너무 아쉬워하지 마.

사람은 믿어지지 않는 사실을 확인하게 될 때 대부분 숨이 끊어지는 법이니까.

그동안 우리나라 땅 지키느라 고생했다.

한정유의 무극도에서 공간을 타고 무리의 중앙을 향해 파고들었다.

적들의 병기에서 새파란 검기와 도기의 물결이 넘실거렸으나 무극도는 평온하게 그 강기들 사이를 노닐었다.

아무것도 보이지 않았다.

무극도의 도첨은 처음 칼을 꺼냈을 때처럼 아무런 변화 없이 강기들 틈을 지나갈 뿐이었다.

하지만, 그 결과는 두려울 정도로 처참했다.

적들이 쏟아낸 강기들이 마치 무언가에 걸린 연처럼 힘없이 끊어져 나가는 장면들은 눈으로 직접 보고도 믿을 수 없는 신기였다.

쇠를 자른다는 검기와 도기들이 허공에서 그냥 소멸되었다.

그리고 무극도가 움직일 때마다 그토록 강하다는 스페셜 마스터의 전신이 폭파되듯 터져 나갔다.

치열한 격전을 예상했다면 잘못된 판단이다.

절대의 경지에 도달한 다수의 적에게 포위된다는 건 악전의 전조였으나 한정유는 물처럼 유연하게 흐르며 차례대로 병기에서 흘러나온 강기들을 파괴시키고 그 주인들의 목숨마저 거두어 버렸다.


왼팔이 날아간 이노우에의 안색은 허옇게 질려 있었으나 두려움이 담긴 것은 아니었다.

그의 얼굴에 들어 있는 건 오직 하나.

절대자에 대한 경이와 분노뿐이었다.


"지천이라. 설마했는데 지천의 경지에 도달했다니 정말 보고도 믿지 못하겠구나. 내가 운이 좋은 건가. 아니면 인생 자체가 재수가 없었던 것일까. 동시대에 지천에 오른 자를 둘이나 봤으니 인생이 꼬일 수밖에."

"나 말고 다른 자가 있다고. 그게 누구냐?"

"내 주인이시다."

"호오, 어둠의 장막에 계신다는 그 또라이?"

"말을 삼가하라!"

"나는 그 새끼가 누군지 대충 짐작이 가. 그러니 그런 개소리

집어치워.”

"네가 내 주인을 어떻게 안단 말이냐?”

"일본 어딘가에 사도련의 주인이 있을 것 같다는 예감이 들었
어. 내가 무림에서 활동할 때 그놈의 명호는 천사제였지. 네가
그놈의 주구라 해도 듣지 못했을 거다. 원래 그 새끼는 뒤에서
정체를 숨기는 게 취미거든.”

"너는… 누구냐?”

"네가 그토록 존경하는 주인한테 물어봐. 그놈은 분명 내 정
체를 알고 있을 테니까.”

"으… 날 살려주겠다는 뜻인가?”

"원래는 죽이려고 했는데 마음이 바뀌었어. 아무래도 내가 네
주인을 만나야 될 것 같거든. 그러니 내 말을 잘 전달하도록.”

"전할 말은?”

"한번 보자고 전해.”

제35장
지옥이 펼쳐진 세상

　인류의 역사는 언제나 예기치 못한 사건으로 파괴되고 고통
을 받아왔다.

　수많은 전쟁들, 그리고 치료 불가능한 질병의 공포와 거대한
테러.

　그럼에도 사람들은 역사 속에서 새로운 희망과 미래에 대한
기대를 가진 채 삶을 개척해 왔다.

　던전이 발생된 지 벌써 25년.

　처음 던전이 발생한 후 괴물이 쏟아져 나왔을 때 사람들은 지
구의 멸망을 예상하며 마지막 운명의 날을 기다렸다.

　희망을 꿈꿀 수 없는 세상.

　오직 절망만이 가득 찬 세상이었다.

　그러나 인간이란 존재는 어떤 극한 상황에서도 적응력을 발휘하며 버텨내는 기적을 연출했다.

초인들이 등장해 괴물을 막기 시작한 후 인간들은 새로운 환경에서 또 다른 문화를 창조하며 삶을 영위해 왔으니 그 적응력은 놀람 그 자체다.


평온한 삶이었다.

비록 던전의 위협 속에서 살았지만 괴물을 막아주는 길드의 존재로 인해 인간은 평화를 유지하며 살아갈 수 있었다.

지금까지는. 그래, 지금까지는 그랬다.


한반도를 노리던 일본과 중국의 수뇌부를 처단하고 파견 병력을 추방했으나 위험은 그때부터 본격적으로 시작되었다.

경상도와 전라도를 방어하던 병력이 일시에 빠지면서 충청이북을 집중 방어하던 길드 병력을 분산할 수밖에 없었다.

문제는 던전의 색깔이 보라색으로 바뀐 지 불과 한 달 만에 다시 자주색으로 탈바꿈되었다는 것이었다.

괴물들의 힘은 이제 처음과 비교할 수 없을 정도로 커져 일반 헌터들로서는 3등급 괴수인 파이튼조차 버거워졌다.

더불어 도심에서 열리는 던전이 거의 매일 열리며 사람들을 죽음 속으로 몰아넣었으니 매일이 지옥 그 자체였다.

사람들의 눈물과 비명이 끝없이 이어졌다.

텔레비전을 통해 흘러나오는 사람들의 무더기 사망 소식은 이제 화젯거리도 되지 않을 정도였다.

한정유는 긴급회의를 열고 방어선 압축 작전을 펼쳤다.

지금 보유하고 있는 헌터의 숫자로 중소 도시까지 방어한다는 건 불가능한 일이었기 때문이다.

전국이 이 조치로 또다시 아비규환으로 빠져들었다.

인구의 절반이 살고 있는 서울과 수도권을 집중 방어지역으로 선택하고 광역도시들과 대규모 도시 등 10개를 선정해서 최후의 방어선을 구축하자 모든 인구가 대도시로 몰려들었다.


국민들의 생활은 최악으로 치달았다.

경제는 마비되었고 학교는 문을 닫았으며 생필품과 식료품의 물가는 하늘 모르게 치솟았다.

이대로라면 아무리 길게 잡아도 6개월 안에 굶어 죽는 사람이 속출할 판이었다.

누가 누굴 도울 수 있는 형편이 아니었다.

전 세계가 동시에 겪는 재난 상황이었고 모든 나라가 살아남기 위해 몸부림을 치고 있으니 각국의 운명은 각국이 개척할 수밖에 없었다.


한정유는 눈을 감은 채 소파에 앉아 있었다.

최근 들어 그는 던전이 열릴 때마다 출동해서 괴물 섬멸 작전을 지원했기 때문에 잠시도 쉴 틈이 없었다.

그건 통제국 요원들도 마찬가지였다.

길드가 보유한 헌터들의 숫자는 거의 30%나 줄어든 상태였기 때문에 통제국 요원들이 그들의 빈자리를 메웠다.

천왕회가 보유했던 스페셜 마스터들도 전부 전진 배치되었다.
지금은 아무도 편히 쉴 수 있는 상황이 아니었다.


"정유야!"
"왜 그래?"


문을 박차고 들어온 김도철의 표정은 하얗게 질려 있었다.

웬만한 일에는 눈 하나 깜박하지 않던 그가 이럴 정도면 엄청
난 일이 발생했다는 걸 의미했다.


"광주에 대규모 던전이 열렸는데 거기서 마이탄이 나왔어. 지
금 광주를 맡은 청명 길드가 막고 있는데 피해가 엄청나단다."
"마이탄?"


마이탄이 처음으로 모습을 드러낸 건 5개월 전 미국 샌프란시
스코였다.

전고 12m에 달하는 8등급 괴수.

몸통 전체가 거대한 뿔로 뒤덮여 극강의 방어력을 지녔고 헬
파이어를 뿜어내는 공격력까지 보유해서 스페셜 마스터로도 상
대가 안 되는 괴물 중의 괴물이었다.

미국은 물론이고 땅 덩어리가 큰 강대국에 주로 나타났는데
지금까지 마이탄을 상대하면서 사망한 스페셜 마스터의 숫자만
도 70여 명에 달한다.

그런 마이탄이 한국에서 최초로 모습을 드러냈다는 것이다.

한정유가 자리를 박차고 일어났다.

급했다.

다수의 스페셜 마스터를 보유한 강대국과 달리 한국은 헌터의 숫자가 부족한 상황이었으니 방치했다가는 치명적인 피해를 볼 수 있었다.

"가자!"

김도철의 말을 들은 한정유가 자리를 박차고 일어나 창문을 통해 곧장 통제국 옥상으로 날아올랐다.

엘리베이터를 이용하는 시간조차 아까웠기 때문이다.

하늘을 빠르게 비행하는 플라잉카의 창문을 통해 지상을 바라보며 한정유는 길게 숨을 흘려냈다.

광주까지 걸리는 시간은 플라잉카로도 40분은 잡아야 한다.

그 말은 던전에서 쏟아져 나온 마이탄 군단을 청명 길드가 홀로 분전하며 상대해야 된다는 걸 의미했다.

무사할 수 있을까.

아마, 무사하지 못할 것이다.

미국은 물론이고 일본과 중국 등 강대국조차 마이탄 군단이 나타났을 때 도심이 박살 날 정도로 커다란 피해를 당했다는 걸 익히 알고 있었다.

빠르게 판단을 내린 한정유가 전화기를 꺼내 청명 길드의 회장을 호출했다.

　맞상대를 하면 안 된다.

　마이탄을 상대해서 청명을 잃는다면 응축해 놓은 방어선에 구멍이 생길 수밖에 없다.


　"회장님, 한정유입니다."

　"예, 국장님."

　"상황은 어떻습니까?"

　"막고 있지만 역부족입니다. 저희가 보유한 스페셜 마스터를 전부 현장에 투입했으나 점점 밀리고 있는 상탭니다. 상황이 급합니다."

　"방어선을 뒤로 물리고 대기하십시오."

　"그러면 국민들의 피해가 커집니다. 우리가 막지 않으면 수많은 사람들이 죽을 겁니다. 지금은 피할 수 있는 상황이 아닙니다."

　"압니다. 그래도 일단 후퇴한 후 방어선을 뒤쪽에서 형성하세요. 마이탄과 맞상대하면 절대 안 됩니다. 최대한 병력을 보존하십시오. 내가 40분 정도면 도착합니다. 그때까지만 버티세요."

　"으… 알겠습니다."


　수화기를 통해 들려오는 비명과 괴물들의 울음소리만으로도 광주의 상황이 얼마나 위태한지 충분히 알 만했다.

　끝없는 울려 퍼지는 사람들의 비명 소리.

죽음을 알리는 장송곡이 구슬프게 귀속을 파고들었다.

그럼에도 한정유는 통화를 끝낸 후 창밖을 바라보며 침묵을 지켰다.

지금은… 결단을 내려야 할 시기다.

헌터들을 보존할 수 있다면 얼마간의 피해는 감수해야 된다는 게 그의 판단이었다.


광주 시가지 상공을 가로지르자 시커먼 연기가 솟구치는 게 보였다.

괴물들의 공격으로 인해 가스폭발이 생기며 여기저기서 화재가 발생했기 때문이다.

연기와 가까워지자 도로를 따라 개미떼처럼 도망가는 사람들의 모습이 보였다.

그리고 그 뒤를 따르는 괴물들.

제일 많이 보인 것은 구홀이었고 파이튼과 함께 살라멘더의 모습도 간혹 보였다.


전장은 시꺼멓게 피어오르는 연기 너머 충장로 쪽에서 펼쳐져 있었다.

청명 길드의 병력들은 건물을 때려 부수며 전진하는 마이탄을 피해 나머지 괴물들이 빠져나가지 못하도록 방어선을 형성하고 있었는데 계속 피해가 발생하는 중이었다.

안타까운 모습들.

분명 방어선을 뒤로 물리라고 명령했음에도 청명 길드는 사람

들에게 접근하는 괴물들을 막기 위해 혼신의 힘을 다하고 있었
다.


근본적으로 안 된다.

마이탄은 나타날 때마다 최소 10여 마리의 헬하운드와 와이
번을 대동하고 나타났다.

지금의 병력으로 이 정도의 괴물들이라면 마이탄이 없어도
고전을 면치 못했을 것이다.

방어선은 수시로 깨졌다.

마이탄이 움직일 때마다 헌터들은 도망가느라 바빴기 때문에
자연스럽게 방어선은 찢어질 수밖에 없었다.


그 사이를 뚫고 구홀과 키메라, 파이튼이 빠져나가고 있었다.

청명 길드가 막고 있음에도 사방에서 사람들을 추격하고 있
는 괴물들은 찢어진 방어선 사이로 빠져나온 것이 분명했다.


"저쪽으로!"


한정유가 소리치자 운전을 하던 김도철이 급히 마이탄 쪽으로
방향을 선회했다.

오랜 세월을 함께 지냈으니 단박에 무슨 뜻인지 알아챘다.

한정유는 플라잉카를 정지시키지 않고 공중에서 뛰어내려 마
이탄을 요격할 생각임이 분명했다.

유연하게 비행해서 건물 사이를 누비고 있는 마이탄의 머리 위까지 도착하자 한정유가 창문을 통해 신형을 날렸다.

　한정유는 30m 상공에서 몸을 날린 후 떨어지는 속도 그대로 무극도를 뽑아 들었다.


　마이탄이 강한 건 사실이나 현경에 든 무인들의 합공에 목숨을 잃었다는 걸 안다.

　더군다나 그동안 외신을 통해 들어온 화면으로 놈의 아킬레스건이 눈이라는 걸 확인한 이상 거칠 것이 없었다.


　하지만, 한정유는 약점인 눈을 공격하는 대신 떨어지는 속도 그대로 자신을 향해 헬 파이어를 뿜어내는 마이탄의 머리를 향해 무극도를 내리쳤다.

　이제 그의 칼에서는 도기를 넘어선 도강이 찬란하게 빛나고 있었다.

　지천의 경지가 깊어지며 도기가 점점 투명해지더니 기어코 금색 영롱한 도강이 되어 다시 나타난 건 보름 전의 일이었다.

　도강은 그 옛날 천하를 정복한 후 운명이 그를 부르기 전에서야 겨우 터득한 경지였다.


　도강은 도기와 비교 불가의 위력을 가진다.

　삼천 년 무림 역사에서 도강과 검강을 이룬 자는 한 손가락에 꼽을 정도였고 그중 하나가 바로 마제로 불리던 한정유였다.

　온몸을 태워 버릴 것 같은 헬 파이어의 위력.

무려 10m를 격하고 날아온 지옥의 불꽃이 온몸을 휘어감았으나 한정유는 무극진기로 전신을 보호한 채 그대로 마이탄의 머리를 직격했다.

콰앙!

무엇이든 갈라 버릴 수 있는 무극도의 도강이 마이탄의 머리를 가격하는 순간 폭탄이 터지는 듯한 굉음이 흘러나왔다.

까오오.

곧 이어지는 마이탄의 비명 소리.

극강의 방어력을 지녔다는 마이탄의 머리가 반으로 갈라져 뇌수가 튀어나왔다.

그럼에도 어른 몸통보다 두꺼운 팔이 한정유의 몸을 쳐냈다.

정말 믿기지 않을 정도의 반사 신경.

치명상을 입고도 적을 소멸시키기 위해 공격을 가해오는 마이탄의 팔은 온통 강철 같은 뿔들로 무장되어 적중되는 순간 갈가리 찢겨질 만큼 위력적이었다.

왜 스페셜 마스터들이 그렇게 희생되었는지 알 만했다.

도강에 당하고도 반격을 해올 정도라면 현경에 오른 무인들도 고전을 면치 못했을 것이다.

전고가 12m에 달하는 마이탄의 팔이 몸통을 가격하는 순간 한정유의 신형이 연기처럼 가라앉았다.

천근추의 수법을 써서 신형을 가라앉힌 한정유가 팔의 공격을 피한 후 곧바로 3번의 번개를 작렬시켰다.

비강기.

7m나 떨어진 거리에서 날린 도강이 머리가 반이나 쪼개진 마이탄의 목을 쳤다.

연속으로 비강기가 목을 치자 그 어떤 것에도 견딜 것 같던 마이탄의 목이 몸통에서 떨어져 땅바닥으로 굴렀다.

어떤 생명체도 목이 떨어지면 숨을 쉴 수 없다.

아무리 극강의 마이탄이라 해도 그건 마찬가지.

목이 떨어진 상태에서 한참 팔을 휘적거리던 마이탄의 신형이 비틀거리며 다섯 발자국이나 전진하다가 쓰러졌다.

정말 무시무시한 괴물이다.

만약 최근 들어 도강이 발현되지 않았다면 꽤나 곤욕을 치렀을 만큼 마이탄의 괴력은 엄청났다.

마이탄이 쓰러지는 순간 한정유는 곧바로 방어선을 뚫기 위해 미친 듯이 날뛰는 괴물들을 향해 날아갔다.

그가 노린 것은 와이번과 헬하운드였다.

던전이 자주색으로 변하며 거의 완전체로 변해 버린 고등급 괴물들은 스페셜 마스터들도 어쩌지 못할 만큼 흉포해져 있었으나 한정유의 도강을 맞는 순간 속절없이 쓰러져 갔다.

한정유는 창공을 비행하고 있었다.

인간의 몸으로 어찌 하늘을 날 수 있겠는가.

그가 비행하고 있는 것은 괴물들의 목을 치면서 지속적으로 방탄력을 이용했기 때문이다.

그럼에도 경이적이다.

그가 가는 곳마다 헌터들의 몸통을 찢으며 날뛰던 괴물들이 싸늘한 사체로 변해갔다.

얼마나 시간이 지났을까.

한정유가 비행을 마치고 허공에서 내려온 것은 전장에 있던 고등급의 괴물들이 전부 쓰러진 후였다.

불과 30분.

마이탄을 비롯해서 15마리의 헬하운드와 9마리의 와이번을 때려잡는 데 걸린 시간은 정확하게 30분에 불과했다.

무극도를 든 채 잠시 전장을 둘러보다가 천천히 마이탄의 시신을 향해 걸어갔다.

전장의 방어선은 고등급 괴물들이 전부 죽었기 때문인지 그 물망처럼 촘촘하게 짜여 있었다.

청명 길드 회장과 김도철의 지휘 아래 괴물들의 사냥이 시작되었다.

김도철이 병력을 반으로 나눠 도심으로 들어간 괴물들을 추적했고 나머지가 방어선 안에 갇힌 괴물들을 도륙했다.

마이탄의 시신을 직접 눈으로 확인하고 싶었다.

처음으로 접한 괴수였으니 특징을 파악하고 신체 구조를 분석할 필요성이 있었다.

그때 가슴속에 넣어두었던 핸드폰이 진동하기 시작했다.

불안한 감각은 대부분 맞는다.

진동에서 느껴지던 불운한 기운이 머리끝을 쭈뼛 서게 만들었기에 한정유는 급히 수신 버튼을 눌렀다.

"가은 씨, 무슨 일입니까?"

"정유 씨, 큰일 났어요. 지금 서울에서 던전이 동시에 두 개나 열렸는데 마이탄이 포함되어 있어요. 지금 당장 올라와 주세요."

"서울 어디서 열린 겁니까?"

"종로예요."

김가은의 떨리는 목소리.

수화기를 통해 들려온 그녀의 목소리에서 느껴지는 불안감의 이유.

그것은 바로 부모님과 여동생이 장사하는 가게가 종로에 있었기 때문이다.

\*         \*         \*

3달 전 아들이 마련해 준 카페의 규모는 200평에 달했다.

위치도 종로3가 역 주변이라 유동 인구가 많았기 때문에 처음에는 장사가 잘되었다.

하지만 지금은 아니다.

수도권으로 끊임없이 피난민 행렬이 들어오면서 역 주변은 온통 부랑자투성이였고, 밤이 되면 노숙자들로 인해 지하도로가 인산인해를 이루었다.

먹고살기도 힘든 판에 누가 비싼 커피를 사 먹겠는가.

가게가 텅 빈 것은 당연한 일이었다.

한민규는 담배 연기를 길게 뿜어내며 하늘을 바라보았다.

하늘은 여전히 푸르러 바늘로 찌르면 금방이라도 물을 쏟아 낼 것 같았다.

점심시간 내내 음식을 나르다 보니 온몸이 쑤셔왔다.

그들 부부가 딸과 함께 부랑자들을 상대로 점심시간마다 무료로 음식을 나누어준 것은 10일 전부터였다.

어차피 돈을 벌기 위해 차린 가게가 아니었다.

아들은 자신과 집사람의 무료함이 인생을 불행하게 만든다고 생각했기에 가게를 차려주었으니 처음부터 돈에 대한 욕심은 없었다.

돈을 벌기 위해서였다면 괴물들의 출현으로 고통을 받았겠지만 오히려 요즘 들어 삶의 활력이 돌았다.

누군가를 위해 봉사한다는 것.

인생의 후반부에 와서야 누군가를 돕는 것이 이렇듯 보람 있는 일이라는 걸 알게 되자 그동안 아등바등 살아온 것이 아쉽게 느껴졌다.

점심시간이 되면 줄이 100m씩 늘어섰다.

카페를 접고 요리사를 고용해서 사람들이 허기를 때울 수 있도록 설렁탕을 만들어 나누어 주었는데 하루에 2시간씩 배급했다.

많은 돈이 들었지만 한민규는 이 일을 멈추고 싶지 않았다.

아들이 그에게 맡긴 돈이 무료 급식을 하면서 급격히 줄고 있으나 식사를 한 후 떠나는 사람들의 웃는 얼굴을 도저히 외면할 수 없었다.

거대한 폭발음이 터지기 시작한 것은 무료 급식을 끝낸 후 겨우 뒷문 밖에 놓아둔 간이 의자에 앉아 담배를 피워 물었을 때였다.

너무 놀라 벌떡 일어나 가게로 들어갔다.

그 커다란 가게에 단둘만 있었던 여자 손님들이 비명을 지르며 달려 나가는 게 보였다.

"뭐야, 무슨 일이야?"

한민규가 소리를 지르며 창가로 달려가자 카운터에 있던 아내와 딸이 그를 향해 뛰어왔다.

"아빠, 사람들이 비명을 지르며 도망가고 있어요. 무슨 일이 났나 봐요."

딸의 말대로 멀리서 사람들이 미친 사람들처럼 가게 쪽으로 뛰어오는 게 보였다.

뭔가에 쫓기는 모습이 분명했다.

자신도 모르게 가게 문을 급히 닫고 상황을 살폈다.

딸의 목소리가 떨리기 시작한 것은 핸드폰을 확인한 후부터였다.

"아빠, 종로에서 던전이 열렸다고 나와요. 2가 쪽이래요."

"뭐라고!"

머리끝이 쭈뼛 섰다.

던전이 열렸다는 것은 괴물들이 닥치는 대로 사람들을 죽인다는 뜻이다.

텔레비전과 각종 언론을 통해 던전이 열렸을 때 얼마나 많은 사람들이 죽는지 알고 있었다.

지역을 맡고 있는 길드가 출동하기까지 던전에서 빠져나온 괴물들은 주변을 초토화시키며 수많은 사람들을 죽였던 것이다.

종로 2가라면 근처다.

던전이 어디서 열렸는지 모르나 종로 2가라면 직선거리로 500m 정도에 불과한 곳이다.

도망가는 사람들의 숫자가 점점 많아지더니 이제는 거리 전체를 가득 메우고 있었다.

한민규는 딸의 말을 듣자마자 가족들을 데리고 거리로 나와 사람들이 뛰는 방향을 향해 달리기 시작했다.

뒤쪽에서 점점 사람들의 비명 소리가 가깝게 들렸으나 한민규는 집사람의 손을 잡고 앞만 보며 달렸다.

단 한 번의 판단으로 삶과 죽음이 결정될 수 있으니 최선을 다해 괴물들과 멀어져야 했다.

얼마나 달렸을까.

뒤늦게 뒤를 따라오던 딸의 모습이 보이지 않는 순간 하늘이 노랗게 변했다.

사람들은 공포에 젖어 살기 위해 서로를 밀치고 떠미는 걸 서슴지 않았다.

아마 딸은 그 과정에서 뒤로 처진 게 분명했다.

"여보, 미연이가 없어졌어. 내가 가서 찾아올 테니까 당신은 계속 뛰어."

"나도 가요!"

"안 돼. 내가 찾아올 테니까 걱정 말고 집에 가 있어."

펄쩍 뛰는 아내를 두고 되돌아섰다.

길을 가득 메운 채 도망쳐 오는 사람들로 인해 이리 치이고 저리 치였으나 한민규는 이를 악물고 사람들 틈을 힘들게 비집으며 반대 방향을 향해 뛰었다.


점점 커지는 괴물들의 울부짖음이 들려왔으나 전혀 두렵지 않았다.

딸을 살려야 한다. 딸을.

그의 가슴에 들어 있는 건 오직 그 생각 하나뿐이었다.

이럴 때 가족을 지켜주던 통제국 요원들이 있으면 얼마나 좋았을까.

가게를 지키던 통제국 요원들이 본대로 돌아간 것은 한 달 전이었다.

도심에서 던전이 계속 열리며 헌터들의 피해가 커졌기 때문에 그들이 계속 가게를 지킨다는 건 불가능한 일이었다.


왔던 길을 되돌아 100m 정도 뛴 후에야 딸의 모습을 발견했다.

한미연은 다리를 부여잡은 채 고통스러운 얼굴로 건물 귀퉁이에 앉아 있었다.


"미연아!"

"…아빠."


소리를 지르며 달려가자 한미연이 목소리를 듣고 마주 소리를 쳐왔다.

급히 달려가 딸의 상태를 살폈다.


"다리를 다친 거야?"

"달리다가 넘어졌는데 일어설 수가 없어요."


청바지를 타고 흘러나오는 진득한 피의 양이 꽤 많았다.

어디가 까져서 흐르는 피가 아니다. 이 정도라면 다리에 상당한 상처를 입었다는 뜻이다.

딸이 가리킨 곳은 도로와 보도를 이어주는 연석이었다.

그렇다면 날카로운 모서리에 찍힌 것이 분명했다.

마음 같아서는 얼마나 다쳤는지 보고 싶었지만 지금은 그럴 새가 없었다.

끝없이 이어지는 사람들의 비명 소리와 멀리서 괴물들의 모습이 보이기 시작했기 때문이다.


"미연아, 업히자. 빨리 여기를 벗어나야 해."


딸을 향해 등을 내미는 한민규의 표정은 초조함으로 붉게 상기되었다.

이제 괴물들과의 거리는 불과 100m 남짓.

그 범위에서 도망치기 위해 뿔뿔이 흩어지는 사람들의 숫자는 겨우 20여 명에 불과했다.

괴물들은 그들을 전부 해치우면 자신들을 따라올 것이다.

딸을 업고 미친 듯이 달렸다.

그동안 쉬었지만 평생을 노동판에서 일하며 철근을 날랐으니 딸을 업는 것 정도는 아무런 어려움이 없다.

문제는 반대쪽에서 아내가 뛰어오고 있다는 것이었다.

"집에 가 있으라고 했잖아!"

"애가 여기에 있는데 어떻게 나 혼자 가요. 미연이는 괜찮아요?"

"다리를 다쳤어. 빨리 달려. 도망가야 해."

정말 혼신의 힘을 다했다.

시간이 지날수록 딸의 몸이 천근처럼 무거워졌으나 한민규는 이를 악물고 오직 앞만 보며 달렸다.

흘긋 뒤를 돌아보자 다행스럽게 괴물들의 모습이 보이지 않았다.

다행이다.

이대로라면 목숨은 건질 수 있을 것 같았다.

그럼에도 한민규는 무거워진 발걸음을 잠시도 쉬지 않았다.

이리저리 뛰어가는 사람들.

살기 위한 몸부림.

가끔 가다 어딜 다쳤는지 길가에 쓰러진 사람도 보였지만 대부분의 사람들은 괴물들을 피해 건물로 뛰어들거나 맹목적으로 앞만 보며 달릴 뿐이었다.

앞쪽에서 구홀과 키메라가 튀어나와 사람들을 살육하기 시작한 것은 더 이상 견디기 어려울 정도로 호흡이 차올라 잠시 뛰는 걸 멈추었을 때였다.

도대체 어디서 나타난 걸까.

분명 뒤쪽에서는 보이지 않았는데 괴물들은 사람들이 도망가는 방향을 차단한 채 모습을 드러내고 있었다.

한두 마리가 아니다.

골목길을 따라 나타난 괴물들은 거의 50여 마리나 되었다. 대부분 구홀이었지만 그중에는 키메라와 파이튼도 포함되어 있었다.

"여보, 건물로 들어가야 해!"

한민규가 소릴 지르며 먼저 건물로 뛰어올라 갔다.

마침 그들 옆에는 7층짜리 빌딩이 문이 열린 채 그들을 기다리고 있었다.

엘리베이터가 작동되지 않기 때문에 계단을 이용해서 뛰다가 3층에서 멈추었다.

더 올라가고 싶었으나 그럴 수가 없었다.

뒤를 따르던 아내도 헛구역질을 할 만큼 지쳤지만 자신은 그야말로 서 있을 힘조차 없었다.

겨우 숨은 고르고 자리에서 일어날 때 1층 쪽에서 뭔가 부서지는 소리가 들리기 시작했다.

소음의 진원지를 파악하는 건 그리 어려운 일이 아니었다.
소음과 함께 괴물들의 흉성이 들려왔기 때문이다.

다시 뛰었다.
최대한 멀리, 최대한 빠르게 몸을 숨길 곳이 필요했다.
딸을 업은 채 지친 아내를 독촉해서 7층으로 향했다.
옥상으로 갈 생각이었다.
옥상까지 가서 문을 걸어 잠근 후에 구조를 기다리면 살 수 있을 것이란 판단이 들었다.

하지만 그의 생각은 뜻대로 이루어지지 않았다.
옥상으로 향하는 계단을 올라 옥상 문을 열려 했으나 문은 굳게 잠겨 있었다.
옥상에서 들려오는 사람들의 목소리.
모든 힘을 쥐어짜 문을 두들겼다.
살려달라고, 제발 문을 열어달라고.

인간의 이기심은 얼마나 잔인한 걸까.
사람들은 문을 열어주지 않았다.
문을 열어주면 자신들의 목숨이 위협받을지도 모른다는 두려움 때문이었을 것이다.
한참 동안 문을 두들기다가 포기하고 7층으로 다시 내려와 제일 끝 쪽에 있는 사무실로 향했다.

점점 가까워지는 괴물들의 움직임, 그리고 끝없이 들리는 사람들의 비명 소리.

괴물들은 건물 안을 뒤지며 사람들을 살육하고 있는 게 분명했다.

"들여보내 주세요. 제발."

닫혀져 있는 문을 향해 아내가 간절하게 애원했다.

자신들을 보고 있는 경계의 시선들 속에는 공포에 젖어 있는 두려움이 고스란히 느껴졌다.

다행스럽게 사무실 문이 열리며 사람의 모습이 나타났다.

사무실에는 5명이 있었는데 남자 3명에 여자가 2명이었고, 남자들의 손에는 어디서 구했는지 야구방망이가 들려 있었다.

40대 중반 남자의 지시에 따라 바닥에 배를 깔고 벽 쪽에 바짝 엎드렸다.

괴물들은 야구방망이로 상대할 존재가 아니었으니 어떡하든 몸을 숨기는 것이 최상의 방법이었다.

"괜찮니?"

딸을 향해 목소리를 잔뜩 낮춰 물었다.

한미연의 얼굴은 이제 질릴 대로 질려 창백해져 있었다. 다리를 꼼짝하지 못하는 걸 보면 뼈에 손상이 간 게 분명했다.

무섭도록 가라앉은 침묵.

문을 통해 들려오는 괴물들의 흉포한 울부짖음과 사람들의 비명 소리.

그리고 계단을 뛰어오르는 괴물들의 움직임.

제발… 괴물들이 우릴 찾지 못하도록 도와주세요.

마음속으로 믿지도 않았던 하나님을 향해 간절히 기도했다.

아들이 보고 싶었다.

보잘것없었던 자신의 인생을 화려하고 영광스럽게 만들어준 아들의 자랑스러운 모습을 보고 싶었다.

아들만 있다면 이 위기를 무사히 넘길 수 있을 텐데…….

역시 욕심이었나.

차례대로 창문이 부서지는 소리가 들리더니 이윽고 숨어 있던 사무실 창문이 깨지며 5마리의 구홀이 들어왔다.

톱니처럼 날카로운 이빨을 드러낸 구홀들은 바닥에 엎드려 있던 사람들을 발견하고는 천천히 다가오기 시작했다.

남자들이 야구방망이를 휘두르며 덤비다가 차례차례 찢겨 나가는 모습을 보며 한민규는 손을 들어 아내와 딸의 눈을 가렸다.

눈을 부릅뜨고 다가오는 괴물들을 마주 노려보았다.

붉은 눈동자. 자신과 가족들을 향해 다가오는 포식자의 움직임을 바라보며 한민규는 이 순간이 마지막임을 직감했다.

아들아… 미안해. 널 이젠 보지 못할 것 같구나.

너 때문에 행복했다. 잘 있어, 우리 아들.


*            *            *


한정유는 지체 없이 플라잉카를 타고 서울로 돌아오며 강북에 방어선을 치고 있는 피닉스 길드 회장에게 전화를 걸었다.

부끄럽지만 가족들의 신변을 부탁할 생각이었다.

하지만 피닉스 길드 회장은 전화를 받지 않았다.


광주에서 서울로 돌아오는 길에 20통이나 걸었지만 여전히 전화는 묵묵부답이었다.

그를 원망할 수는 없었다.

지금쯤 그는 서울에 나타난 마이탄 군단을 상대하느라 목숨을 걸고 싸우는 중일 것이다.

그럼에도 답답함을 숨기지 못했다.

김가은이 가족들을 찾기 위해 먼저 떠났지만 안심이 되지 않았다.

비록 골든헌터로서 훌륭한 무력을 갖추었지만 그녀의 능력으로는 힘이 증폭된 스켈레톤조차 상대하기 어렵다.

그래서 대전에 파견 나간 문호량을 불러들였다.

자신이 직접 가는 것이 최선의 방법이었으나 가족들을 찾게 된다면 서울 도심에 나타난 마이탄 군단으로 인해 수많은 헌터들과 국민들이 목숨을 잃게 될 것이다.

서울에서 던전이 열린 곳은 강북의 종로와 강남의 양재역 부근이었다.

새카맣게 타들어가는 가슴을 부여잡고 먼저 양재로 향했다.

마음은 종로를 향해 달려갔으나 광주에서 올라오다 본 양재의 상황은 정말 최악 중의 최악이었다.

괴물들에게 쫓기는 사람들의 물결.

가까스로 방어선을 형성한 채 괴물들이 도심으로 분산되는 걸 막기 위해 기를 쓰고 싸우는 헌터들의 모습.

"도철아, 저기에서 멈춰."

"야, 인마. 조금만 더 가면 종로야. 거기부터 해결해."

"어차피 종로에 가도 다시 이곳으로 와야 한다. 저 괴물들을 최단시간 내에 처단할 수 있는 건 나밖에 없어."

"그래도……."

"이 자식아. 나도 미치겠어. 그러니까 빨리 저기에서 멈춰!"

망설이는 김도철을 독촉해서 양재대로의 중앙으로 향했다.

그런 후 곧장 뛰어내리며 무극도를 꺼내 들었다.

죄송합니다. 아버지, 어머니…….

저도 제가 원망스러워 미치겠습니다.

제발 살아만 계세요.

제가… 최대한 빨리 달려가겠습니다. 그러니 제발 그때까지만…….

미쳤다.

이 세계에 와서 이렇게 미친 듯이 무극도를 휘두른 적은 한 번도 없었다.

전신내공을 뿜어내며 닥치는 대로 고등급 괴물들의 사지를 잘라 버렸다.

스페셜 마스터들을 압박하던 헬하운드와 와이번은 한정유의 신형이 공중을 회돌 때마다 전신이 잘린 채 거리에 뿌려졌다.

그건 마이탄도 마찬가지였다.

헬하운드와 와이번을 대동한 채 거침없이 도시를 파괴하던 마이탄은 빌딩을 건너 비행한 한정유의 무극도에 목이 잘린 채 허무하게 쓰러졌다.

가공스러운 힘.

지천의 강을 건너 심연의 세계로 들어간 한정유의 힘은 가공 그 자체였다.


전화가 울리기 시작한 것은 양재를 정리하고 종로로 넘어가 마이탄과 7마리의 와이번을 처단했을 때였다.

전화를 해온 건 문호량이었다.


"호량아, 우리 부모님 찾았어?"

"…정유야."

"뭐야, 이 새끼야!"

수화기 너머의 목소리를 확인한 한정유의 입에서 고함이 터져 나왔다.

덜덜 떨리는 손.

전화기를 붙잡고 있는 그의 손이 사시나무처럼 떨리기 시작했다.


"말해, 우리 부모님 어디 계셔!"

"부모님은 돌아가셨다. 미연이도……."

제36장

운명이 부른다면

자신도 모르게 눈물이 흘렀다.

정신이 멍해졌고 아무것도 생각할 수 없었다.

눈으로 들어오는 사람들의 비명 소리, 괴물들에게 당해 쓰러지는 헌터들의 모습조차 그의 무너진 마음을 되돌리지 못했다.

후회스럽다.

가족들이 위험하다는 걸 알면서 괴물들을 해치우기 위해 양재로 향했던 자신의 행동이 너무나 어리석게 느껴져 미칠 것만 같았다.

문호량이 알려준 빌딩으로 들어서자 통제국 요원들이 철통같은 경계망을 펼치고 있는 게 보였다.

아무런 말도 하지 않은 채 계단을 타고 올랐다.

두려웠다.

자신을 사랑하던 가족들의 죽음을 직접 눈으로 확인해야 한다는 사실이 너무나 두려웠다.


문호량의 잔뜩 굳어져 있는 얼굴.

그리고 그 옆에 서 있는 김가은의 떨리는 신형.

그녀는 얼마나 울었는지 눈이 시뻘겋게 변해 있었다.


"정유야, 보지 마라."

"비켜!"

"이 자식아. 조금만 기다려. 지금 시신을 수습하고 있으니까 그다음에 봐!"


앞을 가로막는 문호량의 가슴을 밀었다.

가족들의 처참한 모습을 보여주고 싶지 않았겠지만 한정유는 하얗게 질린 얼굴로 문호량을 제친 후 천천히 복도 끝을 향해 걸어갔다.


문호량은 더 이상 말리지 않았다.

가족이란 단어.

한정유는 자신을 만난 후 가족들을 이야기할 때마다 바보처럼 웃었다.

그의 얼굴에 들어 있는 기쁨은 그가 얼마나 가족들을 사랑했는지 단적으로 증명해 주는 것이었다.

그래서 말리지 않았다.

누군가를 진정으로 사랑한다는 것은 있는 그대로의 그들을 사랑한다는 뜻이니까.


다가갈수록 진해지는 피 냄새.

그리고 헌터들의 어수선한 움직임.

문을 열고 안으로 들어서자 헌터들의 부지런한 움직임이 동시에 멈췄다.

그들은 한정유를 확인한 후 잘못하다 들킨 아이들처럼 당황한 표정을 숨기지 못했다.


"다들 나가 있어!"


한정유의 명령에 뭔가를 들고 있던 헌터들이 급하게 내려놓으며 자리를 떴다.

붉은 피가 뚝뚝 떨어지는 물체.

그 뭔가의 정체는 바로 부모님과 여동생의 신체들이었다.

천천히 다가가 가족들의 시신을 내려다보다가 천천히 무릎을 꿇었다.

온전한 부분이 남아 있지 않을 정도로 철저하게 훼손된 부모님의 시신을 향해 한정유가 손을 뻗었다.

조금씩, 그리고 천천히 아버지와 어머니의 얼굴을 매만졌다.

이곳에 왔을 때 제일 먼저 만난 어머니는 환생의 기억을 고스란히 가진 채 만났음에도 자신에게 더없이 소중한 존재였다.

다 큰 아들의 똥, 오줌을 받아내며 단 한 번도 싫은 내색을 하지 않던 어머니.

힘들었던 삶.

가진 것이 없다는 세상의 모순 속에서 고통을 참아가며 살았던 어머니의 찢겨진 얼굴이 너무나 애처롭게 보였다.


그리고 괴물들의 이빨에 목이 잘린 아버지의 하얀 얼굴.

자신이 끓인 된장찌개를 맛있게 먹으며 활짝 웃던 아버지의 얼굴은 어디론가 사라졌고 대신 고통에 힘겨워하는 일그러진 얼굴이 눈앞에 놓여 있었다.


"우리 아들 된장찌개 솜씨는 나보다 훨씬 좋아. 난 우리 아들이 해주는 된장찌개만 있으면 밥을 두 공기나 먹을 수 있어."


귓속으로 파고드는 아버지의 음성.

울었다.

철저하게 망가진 부모님의 시신에 얼굴을 파묻고 죄송스러움과 미안함으로, 그리고 스스로를 원망하며 울부짖었다.

내가… 내가 부모님과 여동생을 죽인 거다.

병신 같은 판단으로 가족들을 죽였으니 나는 천하에서 가장 어리석은 놈이다.

"죄송합니다. 죄송합니다. 크윽."

이럴 줄 정말 몰랐단 말이냐. 이 미친 새끼야!

*        *        *

지금까지 정부에서 공식적으로 집계한 사망자 수는 73만 명이었고 매일 늘어나고 있었다.

어느 이름 모를 들판이나 계곡에서 죽은 자들까지 합하면 희생자 수는 얼마나 늘어날지 알 수 없었다.

길드가 방어선을 친 대도시를 제외한다면 나머지 지역은 괴물들 천지였다.

그 말은 도시로 들어오지 못한 사람들이 지금 이 순간에도 속절없이 죽고 있다는 걸 의미했다.

따라서, 정부에서 발표한 숫자는 의미가 없다.

일부러 속이기 위해 그런 것이 아니라 통계를 작성할 능력이 없는 상태였으니 언론도 사람들도 그러려니 넘어갔다.

이런 세상에서 그런 게 무슨 의미가 있단 말인가.

한정유는 가족들을 화장한 후 방에 틀어박혀 나오지 않았다.

자신으로 인해 죽은 가족들의 억울한 눈망울이 떠올라 아무것도 먹을 수 없었고 잠조차 잘 수 없었다.

잊으려 해도 잊히지 않는다.

고통스러운 얼굴로 싸늘하게 식어버린 부모님과 여동생의 모습이.

세상을 구해. 내가?

가족들조차 지키지 못하면서 세상을 지킨다는 게 무슨 의미가 있단 말이냐.

사람들은 나를 보고 영웅이라 불렀다.

강대국조차 쩔쩔매던 마이탄의 목을 단칼에 잘라 버린 나를 대한민국은 물론이고 세계 언론 모두가 세계 최강의 헌터란 호칭을 붙여주었다.

우쭐했다.

그렇지, 당연한 거야. 나는 예전해도 그랬고 지금도 최강이란 자부심으로 살아가는 남자다.

주변 사람들의 존경 어린 시선, 그리고 연신 쏟아지는 찬사.

처음에는 뻣뻣하게 굴었던 길드회장들조차 이제는 그를 보면 허리를 깊숙이 숙이며 존경을 표시했다.

그래서 던전이 열릴 때마다 쉬지 않고 사람들을 구하기 위해 뛰어다녔다.

영웅은 원래 그런 거니까.

하지만 가족들을 모두 잃자 모든 것이 허탈함 속으로 사라져 갔다.

남정근이, 김도철과 문호량이, 그리고 김가은이 번갈아 들어와 제발 나와달라고 사정했으나 움직이지 않았다.

일주일이 지나자 대통령과 길드회장단을 이끄는 피닉스 회장까지 달려왔으나 한정유는 방문을 열어주지 않았다.

　그가 칩거에 들어간 보름 동안 대한민국은 혼돈과 공포 그 자체였다.
　보름 동안 도심에서 열린 던전의 숫자는 20개.
　그중 3개에서 마이탄이 출현해 무려 60만이란 희생자가 발생했고, 죽은 헌터들의 숫자도 700명이 넘었다.
　피닉스 길드의 회장까지 달려온 이유는 길드의 주력들이 마이탄을 상대하면서 30%나 손실을 입었기 때문이다.
　마이탄이 나타난 대구와 부산, 인천에서 열린 던전을 방어하느라 10명의 스페셜 마스터가 목숨을 잃었고 골든헌터는 60명이나 싸늘한 시체가 되었다.

　모든 국민이 한정유를 애타게 찾았다.
　언론에서는 국가와 국민을 위해 칩거를 끝내달라는 요청이 빗발쳤고 그가 머무는 집 주변에는 수많은 사람들이 촛불을 든 채 밤을 세웠다.

　"정유야, 들어간다."

　잠겼던 방문이 부서졌다.
　그런 후 문호량과 김도철의 모습이 나타났다.
　그동안 문밖에서 부르다 돌아가던 그들은 한정유가 대답하지 않았는데도 문까지 부수며 허옇게 질린 얼굴로 들어왔는데, 김도철의 팔과 다리는 흰색 붕대가 칭칭 동여매져 있었고 머리는 산발되어 엉망이 된 상태였다.

문호량도 비슷한 상태였다.

가슴과 어깨, 그리고 얼굴을 길게 난 상처가 예사롭지 않았다.

아직 마음이 진정되지 않았지만 놈들의 다친 모습을 보자 저절로 몸이 움찔거렸다.


"그 꼴이 뭐냐?"

"오늘 청주에서 던전이 열렸어. 마이탄을 잡느라 보다시피 여러 군데 얻어맞았다."

"음⋯⋯."


자신을 대신해서 전장에 투입되었다가 다쳤다는 뜻이다.

그랬기에 한정유의 입에서 가벼운 한숨이 흘러나왔다.

문호량이 입을 연 것은 뒤를 향해 앉아 있던 한정유가 몸을 돌렸을 때였다.


"정유야, 이젠 더 이상 버티기 힘들어. 이대로라면 끝장이다. 네가 없는 동안 엄청난 피해가 발생했어. 헌터들의 피해가 너무 커서 길드에서는 도시 방어선을 줄여야 한다는 말까지 나와. 이제 그만 나오면 안 되겠냐?"

"피해가 얼마나 되지?"

"길드 병력의 30%가 당했어. 일반 국민들의 피해는 이제 120만 명이 넘는다."

"많이 죽었군."

"네 마음은 알지만 그만 나와야 해. 네가 없는 보름 동안 대한민국은 초토화되었어."

"한정유, 네가 안 나오면 또 소중한 사람이 죽을 거다. 지금 가은 씨는 병원에 있어. 헌터가 부족해서 가은 씨도 출동했다가 다쳤다. 그리고 우리 몰골을 봐라. 넌 우리가 꼭 죽어야 속이 시원하겠어?"

문호량에 이어 김도철이 소리를 치자 한정유의 반개했던 눈이 번쩍 뜨이며 시퍼런 안광이 쏟아져 나왔다.

김가은이 다쳐서 병원에 있다는 말이 나왔을 때였다.

"가은이가 다쳤어? 얼마나?"

"그건 네가 직접 가서 봐."

집을 나섰다.

몰랐다면 거짓말이다.

지천에 오른 그의 감각은 집 주변에 머물며 나와달라고 간절하게 빌고 있는 사람들의 음성을 고스란히 들을 수 있었다.

그가 집을 나서는 순간 수많은 사람들의 입에서 환성이 터져 나왔다.

살 수 있다는 희망.

영웅의 재림은 사람들에게 새로운 희망과 기대를 갖게 만드는 법이다.

자신을 연호하는 사람들의 함성을 들으며 플라잉카를 타고 병원으로 향했다.

밑으로 보이는 사람들의 물결.

촛불을 든 채 자신을 기다리고 있던 사람들의 숫자는 셀 수조차 없을 정도로 많았다.


김도철과 문호량은 김가은이 입원했다는 병원만 알려준 후 너무 힘들어 쉬어야겠다는 핑계를 대며 사라졌다.

대한민국 사람이라면 누구나 한정유를 안다.

플라잉카가 착륙한 후 그가 모습을 드러내자 모든 사람들의 시선이 한꺼번에 쏠려왔다.


마음이 급했기에 박수를 치며 반기는 사람들의 환영을 못 본 체했다.

얼마나 다친 걸까?

만약 김가은마저 잃는다면 그 고통은 이루 말할 수 없을 것이다.


급한 걸음으로 엘리베이터를 타고 병실로 향했다.

병원 엘리베이터의 속도는 기어가는 것처럼 느렸기에 계단을 이용하는 게 훨씬 빠르겠다는 생각이 들었다.

8층에 도착해서 복도를 가로질러 병실 호수를 확인한 후 급하게 문을 열고 들어가자 침대에 누워 있던 환자들이 그의 얼굴을 확인하고 자리에서 벌떡 일어났다.

병실은 8인용이었는데 꽉 차 있었다.

던전이 도시에 출현하면서 워낙 많은 사람들이 다쳤기 때문에 최근 들어 병원은 최대한 많은 환자들을 수용하기 위해 좁은 병실에 침상을 배나 늘려 놓은 상태였다.

그럼에도 병실에 들어온 숫자보다 복도에서 치료받고 있는 사람들이 훨씬 많았다.

병실로 오는 동안 복도에는 빽빽이 간이 침상이 자리하고 있었는데 전부 안색이 파리한 환자들이 누워 있었다.

없다.

시야엔 빈 침상이 없었으나 김가은의 모습은 아무리 찾아봐도 보이지 않았다.

급히 빠져나와 다시 병실 호수를 확인했지만 자신의 착각이 아니었다.

김도철이 가르쳐 준 807호가 분명했기에 한정유는 슬쩍 인상을 찌푸렸다가 안내데스크로 향했다.

"김가은 씨를 찾습니다. 어디에 있습니까?"

불현듯 나타난 한정유가 묻자 정신없이 움직이던 간호사들이 일시에 행동을 멈췄다.

그들의 눈에는 이곳에 나타난 한정유가 귀신처럼 보였던 모양이다.

"김가은 씨라면 냉염의 미소를 말씀하시는 거죠?"

"그렇습니다."

"뭔가 착각한 것 같아요. 그분은 여기에 입원하지 않으셨어요."

뒤늦게 정신을 차린 간호사가 떠듬거리며 대답을 하자 한정유의 표정이 일그러졌다.

어쩐지 이상하다고 했다.

놈들이 핑계를 대며 도망가는 순간 이상하다는 생각이 들었지만 김가은이 다쳤다는 말에 미친 듯 뛰어온 자신이 어리석게 느껴졌다.

그때 뒤에서 청아한 목소리가 들려왔다.

"정유 씨, 나를 찾는 건가요?"

그윽한 시선으로 자신을 바라보는 여인.

그녀는 바로 김가은이었다.

"도대체 어떻게 된 겁니까?"

"제가 그렇게 해달라고 부탁했어요. 제가 다쳤다고 하면 정유

씨가 나올 것 같아서.”

“그래도 어떻게 그런 거짓말을 한단 말입니까. 내가 여기까지 오면서 얼마나 걱정한 줄 알아요!”

“미안해요.”


불쑥 다가온 그녀.

격정적인 몸짓으로 품을 향해 파고드는 그녀의 여린 몸을 안으며 스르륵 눈을 감았다.

다행이다.

소리를 질렀지만 그녀가 다치지 않았다는 게 확인되자 타들어가던 마음이 봄눈처럼 녹아버렸다.


*       *       *


멀리 보이는 서울의 불빛.

일상이 깨져 버리며 수많은 사람들이 이 순간에도 고통과 슬픔 속에서 살아가지만 아직도 서울의 불빛은 아름다웠다.


김가은과 함께 남산에 오른 한정유는 한동안 말없이 야경을 바라보기만 했다.

지금 이 순간 그녀와 함께 있다는 사실이 결코 행복하지만은 않았다.


“정유 씨, 미안해요.”

"괜찮아요. 그것 때문에 화난 거 아니니까 걱정하지 말아요."

"그럼 왜 말이 없어요. 나 불안하단 말이에요."

"그동안 집에 칩거하면서 많은 생각을 했습니다. 지금 벌어지고 있는 이 지랄맞은 상황을 말입니다. 우리가 마치 거미줄에 걸린 파리 떼 같지 않나요. 질기고 벗어날 수 없는 거미줄 말입니다."

"무슨 말이죠?"

"내가 칩거했다고 해서 상황이 나빠진 게 아니에요. 내가 있어도 사람들은 계속 죽었을 것이고 이 세계는 멸망으로 점점 다가갈 겁니다."

"그래도 정유 씨가 있어서 우리나라는 잘 견뎌왔어요. 최근 들어 피해가 컸지만 다른 나라들은 우리보다 훨씬 더 해요. 이 모든 게 정유 씨가 통제국을 통솔하며 길드를 잘 운용했기 때문이에요."

"조금은 도움이 되었겠죠. 하지만 그것만으로는 근본적인 치유가 되지 않는다는 걸 잘 알잖습니까?"

"정유 씨, 도대체 무슨 생각을 하는 거예요!"

한정유가 칩거를 깨고 나왔다는 사실에 온 국민이 안도의 한숨을 흘렸다.

그가 칩거를 했던 보름 동안 마이탄에 당한 상처는 너무나 컸다.

그러나 한정유가 세상에 다시 나온 후에도 상황은 그리 크게 변하지 않았다.

계속해서 생성되는 던전.

대한민국은 물론이고 전 세계가 연일 괴물들의 습격으로 점점 더 커다란 피해를 입었다.

물론 한정유가 활약하면서 피해를 최소화했으나 그 한계는 분명했다.

동시에 발생하는 던전의 숫자가 늘어나면서 사람들의 죽음은 계속 이어질 수밖에 없었다.

사회의 혼란은 가중되었다.

먹고사는 것 자체가 고단했고 없는 사람들은 쓰레기통을 뒤지는 일상이 반복되었다.

인류 최대의 위기.

종교인들은 세계의 멸망을 부르짖으며 구원을 얻기 위해서는 종교에 귀의하라는 목소리를 높였고 가난한 자들은 굶주림을 참지 못해 폭동을 일으켰다.

강도, 강간, 살인이 지속적으로 이어졌다.

힘있는 자들이 힘없는 자들의 재산을 뺏고 죽이는 일들이 다반사로 일어났다.

치안?

세계 최고를 자랑하던 대한민국의 치안은 이미 무너진 지 오래되었다.

경찰도 공무원도 일손을 놓고 가족들을 지키느라 급급한 실정이었으니 목숨을 걸고 폭동을 막는다는 건 결코 쉬운 일이 아니었다.

한번 폭동이 일어나면 수만 명이 시위에 가담했는데 있는 자들에게서 식량을 빼앗아 나누어 달라는 요구였다.

눈물겨운 투쟁.

정상적인 사람으로서 국가를 향한 당연한 요구였으나 정부는 그 어떤 일도 하지 못했다.

조직이 무너진 상태에서 정부가 할 수 있는 것은 아무것도 없었다.

벌써 괴물들로 인해 죽어간 사람들의 숫자가 3백만을 넘었다.

하지만, 더 큰 문제는 사회적인 혼란과 배고픔으로 수많은 사람들이 지금 이 시간도 죽어간다는 것이었다.

대통령이 이성을 찾아달라고 연일 호소했으나 폭동은 계속되었고 상점에 대한 약탈은 수시로 벌어졌다.

심지어 경찰까지 나서서 약탈을 자행할 정도였으니 사회는 무법천지, 그 자체였다.

칩거에서 나온 지 2달.

그 2달 동안 던전은 원래대로 다시 흰색으로 돌아왔고 괴물들은 던전 안에서 보여주었던 힘을 완벽하게 나타내고 있었다.

중력의 배분이 마무리되었다는 뜻이다.

이제 헌터들의 숫자는 처음에 비해 반도 남지 않았다.

던전이 생성될 때마다 한정유가 이끄는 통제국이 급히 출동했으나 극강의 흉포함을 모두 되찾은 괴물들은 방어선을 쉽게 뚫고 도시의 중심으로 파고들었다.

점점 괴물들을 제압하는 시간이 길어질 수밖에 없었다.

한정유가 출동해서 도착했을 때는 이미 방어선이 찢긴 경우가 많아 괴물들을 처치하는 데 걸린 시간은 몇 배로 늘어났다.

최근들어 사망자가 기하급수적으로 늘어난 것도 그런 이유 때문이었다.


한정유는 대전에서 동시에 나타난 2개의 던전을 제압한 후 천천히 파괴된 도시를 걸었다.

아직도 멀리 떨어진 곳에서 통제국의 추격조가 괴물들과 치열한 격전을 펼치는 소리가 들려오고 있었다.

거리를 가득 채운 시체들. 그리고 무너진 건물들 사이에 끼어 살려달라고 애원하는 사람들의 목소리.

이젠 아무렇지도 않다.

신기하게도 처음엔 분노에 사로잡혔으나 이젠 사람들이 죽어가는 모습을 보고도 아무런 감정이 생기지 않았다.


"고생했어."

"응."

"지금 구조팀이 오고 있으니까 저 사람들도 곧 나올 수 있을 거다. 정유야, 너도 힘들 텐데 그만 돌아가자."

마주 걸어온 문호량이 한숨을 길게 내리쉬며 한정유의 손을 잡아끌었다.

벌써 2달 동안 하루도 쉰 적이 없었다.

밤낮을 구분하지 않고 던전이 발생했기 때문에 한정유는 언제나 초긴장 상태에서 출동 준비를 해야 했다.

오늘도 자다가 출동해서 2마리의 마이탄과 수십 마리의 와이번, 헬하운드를 죽였다.

대한민국의 헌터가 반이나 남은 것은 한정유가 있기 때문이었다.

강대국은 물론이고 많은 국가가 초토화되었는데 인도와 러시아는 이미 방어선을 구축할 병력조차 남아 있지 않았다.


"호량아, 우리 오랜만에 한잔할까?"

"술을 마시자고?"

"그래, 도철이와 함께."

"힘들어서 그래?"


한정유의 제안을 들은 문호량의 표정이 굳어졌다.

술.

잊은 지 오래다.

던전이 계속 열리고 있는 비상 상황에서 술을 마신다는 건 미친 짓이나 다름없다.

그럼에도 문호량은 한정유를 빤히 바라봤을 뿐 타박하지 않았다.

쉬고 싶기도 할 것이다.

칩거를 깨고 나온 이후로 한 번도 쉬지 않았으니 왜 그렇지 않겠는가.

하지만, 그래서는 안 된다.

아무리 지겹더라도 그들이 술을 마신다면 얼마나 많은 사람들이 위험에 빠질지 알 수 없었다.

"정유야, 그냥 맛있는 거나 먹자. 우리 집에 숨겨 놓은 소고기가 있어. 오늘 근사한 스테이크 만들어줄게."

"스테이크 좋네. 거기다 소주 마시면 딱 좋겠다."

"꼭 마셔야겠냐?"

"응."

"다른 이유가 있구나?"

"역시 넌 눈치가 빨라서 좋아."

"그건 술 마시면서 해야 될 얘기겠지?"

"중요한 일이니까."

"알았다. 내가 도철이한테 전화해서 지금 우리 집으로 오라고 하지."

*          *          *

자정에 출동해서 괴물들을 제압하고 문호량의 집에 한정유가 도착한 것은 컴컴한 어둠 속에 사로잡혀 있는 새벽이었다.

불이 켜진 집은 찾아볼 수 없다.

전력 공급이 제대로 이루어지지 않기 때문에 서울조차 하루에 3시간만 전기가 들어오기 때문이다.

그나마 문호량의 저택은 비상 발전 시설이 있어 암흑을 면했다.

그들이 도착하자 먼저 와 기다리고 있던 김도철이 마중을 나왔는데 그의 얼굴은 의아함으로 가득차 있었다.

새벽에 술을 마시자고 불렀다는 사실.

물론 그는 편안하게 집에서 잠을 자고 있지는 않았다.

요즘들어 그의 집은 통제국 본부가 된 지 오래였기 때문에 오늘도 사무실 간이침상에 누워 있다 오는 길이었다.

문호량의 전화를 받자마자 옷만 걸쳐 입고 뛰쳐나왔다.

한정유도 문호량도 미친놈들이 아니다.

지금 한국에서 가장 중요한 두 명의 인물들.

전 세계를 초토화시키고 있는 마이탄을 홀로 상대할 수 있는 사람은 오직 그들 둘뿐이었다.

그런 그들이 새벽에 술을 마시자고 한다는 건 중요한 일이 있다는 뜻이다.

세 사람이 현관문을 열고 거실로 들어서자 이미 술상이 봐져 있었다.

미리 연락을 취해놨기 때문에 일하는 아주머니가 마련한 고소한 스테이크와 소주가 5병이나 그들을 반겼다.

"고기, 오랜만이네."

"앉자. 무슨 얘긴지 모르겠지만 네 소원대로 일단 마시자."

거실에 차려진 상에 둘러앉아 세 사람이 주거니 받거니 하면서 소주를 마셨다.

문호량과 김도철은 아무것도 묻지 않았다.

오랜만에 맛보는 스테이크가 눈물겹도록 맛있어서 그런 게 아니다.

그들이 입을 열지 않은 건 한정유의 상태가 그만큼 이상했기 때문이다.

결국 먼저 입을 연 건 소주를 5잔이나 연거푸 마신 한정유였다.

"호량아, 그리고 도철아. 니들은 이 상황 지겹지 않아?"

"무슨 뜻이야?"

"매일 싸워야 해. 똑같은 일의 반복. 그리고 사람들은 내일도 죽어갈 거야. 아무리 싸워도 마치 다람쥐가 쳇바퀴 도는 것처럼 반복되는 상황이 나는 지겨워 죽겠어."

"그래서?"

"너희들은 이런 상황이 계속된다면 인류가 살아남을 수 있을 거라고 생각해?"

의아한 시선을 던지는 친구들을 향해 한정유가 다시 질문을 던졌다.

지금까지 계속 고민해 오던 본질적인 문제.

확신을 할 수 없다.

미래는 어떻게 변할지 알 수 없는 거니까.

하지만, 던전이 계속 생성되는 현실을 감안한다면 인류의 멸망은 시간문제일 뿐이었다.

그랬기에 두 사람은 한정유를 바라보며 눈살을 찌푸렸다.


"없을 거야. 결국 지구는 괴물들의 세상으로 변할 거다. 인류는 멸망하고 그 속에서 우리 같은 초인들이나 살아남아 괴물들을 낚시하듯 사냥하면서 지내겠지."

"그러면 재미있을까?"

"재미는 없을 거다. 괴물들과 노는 게 재밌을 리 없잖아."

"도철아, 나 우리 부모님 보고 싶다."

"미친놈."

"우리 부모님이 나를 무척 사랑하셨어. 그런 분들을 지키지 못해서 시신조차 온전히 남겨 드리지 못했다."

"왜 지난 얘기를 꺼내. 가슴 아프게시리."

"내일 난 먼 길을 갈 생각이다."

"갑자기 뭔 소리야. 먼 길 어디?"

"크크크……. 내가 말이야. 성격이 더러워서 누군가에게 당하며 사는 걸 끔찍하게 싫어해. 그렇지, 호량아?"

"너… 설마?"

"그래, 맞아. 난 내일 던전에 들어갈 생각이다. 이대로라면 어차피 인류는 멸망하게 될 거야. 그 전에 끝장을 봐야겠어. 어떤 일이 벌어진 건지, 괴물들은 어디서 오는 건지 알아내서 인류를 살릴 생각이다."

"못 돌아온다는 거 알잖아!"

한정유의 말에 김도철이 버럭 소리를 질렀다.

수많은 실험에서 돌아온 놈이 없었다.

그 말은 던전으로 들어가 출구로 나가면 다시는 한정유를 만날 수 없다는 뜻이 된다.

하지만, 한정유는 앞에 놓인 소주를 단숨에 들이켠 후 빙그레 웃기만 했을 뿐이다.

"괜찮다, 이 자식아. 난 마제로 살다가 이 세계까지 온 놈이야. 내가 여기 온 후 마냥 행복했던 것 같아?"

"알콩달콩 잘 살드만. 예쁜 사랑도 해가면서."

"난 무림에 있을 때 예쁜 마누라들과 아이들이 있었어. 호량이가 너한테 말하지 않았겠지만 내 과거가 무척 슬퍼. 마누라들과 아이들은 나 때문에 비참한 최후를 맞이했다. 어렸던 내 아들은 내가 지천에 오르면서 배신자들의 칼에 죽어갔어. 그들과 함께했던 시간들은 꿈결처럼 아름다웠다. 여기보다 훨씬 더."

"은유적이네. 감성적이고 단도직입적이야. 반드시 가겠다는 말을 뭐 하러 그렇게 빙빙 돌려서 말해. 이 자식아, 눈물 나잖아."

"그래서 너희들과 마지막 술을 마시려고 한 거야. 남자들의 세계에서 이별은 술이니까."

"웃기고 있네. 호량아, 넌 이게 이별 의식으로 보이냐?"

"아니."

"그럼 뭘로 보여?"

"같이 가자고 협박하는 거 아닐까?"

팔짱을 낀 문호량이 입맛을 쩍쩍 다시자 김도철과 비슷한 흉내를 냈다.

한정유가 의도한 건 아니지만 예상한 것도 사실이다.

어차피 이놈들은 여기 남아 있어 봤자 자신이 떠난 세계에서 행복하지 않을 것이다.

그럼에도 한정유의 입에서는 전혀 다른 소리가 튀어나왔다.

"따라오지 마. 귀찮아!"

*　　　*　　　*

세 사람은 술자리를 끝내고 곧바로 운기행공을 통해 심신을 안정시킨 후 통제국으로 나왔다.

한정유는 통제국 건물들을 차례대로 둘러본 후 친구들과 함께 사무실로 향했다.

마지막이다.

그랬기에 한정유는 남정근을 비롯해서 주요 간부들에게 차례차례 아침 인사를 건넨 후 국장실로 들어왔다.

눈치가 빠른 남정근이 그냥 있을 리 없었다.

남정근은 국장실에 들어오자마자 도끼눈을 부릅뜬 채 김도철은 노려봤는데 사실을 실토하라는 무언의 압력이었다.

　김도철이 묵비권으로 버티자 이번엔 그의 시선이 문호량에게 향했다.


　"본부장님, 한 국장한테 물어보세요. 괜히 저 곤란하게 만들지 마시고요."

　"정말 이런다, 이거지. 우리가 같이 지내온 세월이 얼만데 나를 왕따시켜. 한 국장, 뭐야. 왜 아침부터 먼 길 떠나는 사람처럼 직원들한테 인사를 했어? 솔직히 말해주지 않으면 나 여기서 드러눕는다!"

　"아시면 화내실 텐데요?"

　"화 안 내. 그러니까 솔직하게 불어."

　"던전 갑니다. 지긋지긋한 이 상황을 끝내려고."

　"그게 무슨 소리야. 지금 던전 출구로 나가겠다는 거야!"

　"목소리 낮추세요."

　"지금 내가 목소리 낮추게 생겼어. 아니, 씨발. 네가 가면 지구는 누가 지키냐. 그나마 한 국장 네가 있어서 한국이 겨우 버텨왔는데 다시 못 올 먼 길을 나 혼자 남겨두고 떠나겠다고? 그게 얼마나 심각한 말인데 유행가 가사처럼 말해!"

　"오랜 고민 끝에 결정한 겁니다."

　"너희 둘도 같이 가는 거지? 그래서 침 쓰윽 닫고 모른 체한 거지?"

　"우린 할 수 없이 친구 따라 강남 가는 겁니다."

　"니들이 제비 새끼야? 그리고 던전 밖이 강남이냐? 도대체 왜 이래. 가서 개죽음 당하면 누가 애절하게 슬퍼해 준대!"

남정근은 그야말로 소파가 들썩일 정도로 방방 떴다.

정말 화가 났는지 목소리가 쩌렁쩌렁 울렸는데 한정유와 친구들이 이 세계로 돌아오지 못하는 여행을 떠난다는 걸 받아들이지 않으려 했다.

하지만, 진짜 문제는 남정근이 자신도 같이 가겠다고 씩씩거리며 우길 때 발생했다.

문이 열리며 김가은이 들어와 남정근이 떠드는 걸 고스란히 들었던 것이다.

"그 말, 진짜예요?"

"어… 그게……."

노려보는 김가은을 향해 남정근이 말을 잇지 못하고 눈만 껌벅거렸다.

그런 후 한정유와 김가은, 두 사람을 번갈아 바라보다 슬그머니 엉덩이를 뺐다.

던전에 쫓아가는 건 둘째치고 잘못하면 이 자리에서 죽을지도 몰랐다.

"정유 씨, 던전 간다고요?"

"응."

"그렇군요. 그렇지 않아도 기다리고 있었어요."

"뭘?"

"언젠가 정유 씨가 던전에 들어갈 거라 생각했거든요. 이 세계는 이대로 방치하면 멸망뿐이니까."

"같이 가겠다는 뜻으로 들리네."

"당연한 거 아니에요?"

"돌아오지 못해. 부모님은 물론이고 가족들과 친구들도 다시는 못 만나. 그래도 갈 거야?"

"괜찮아요."

"가자마자 죽을 수도 있어."

"내 꿈이 사랑하는 사람 무릎에서 죽는 거예요. 로맨틱하게. 그리고 달콤하게. 영화의 여주인공처럼."

제37장

다른 세계

이 세계를 떠나는 여행.

아름다운 이별이었다면 얼마나 좋을까.

텔레비전을 통해 흘러나오는 사람들의 비참한 삶, 그리고 가족을 잃은 슬픔을 뒤로하고 한정유는 자리에서 일어났다.

서울 도봉동에서 열린 던전을 통해 쏟아져 나온 괴물들이 사람들을 무차별적으로 살육한다는 보고를 받은 후 그는 일행들과 눈을 맞춘 후 무극도를 들었다.

도봉동으로 향하며 푸른 물이 쏟아져 나올 것 같은 하늘을 봤다.

어찌 저리 아름다울 수 있을까.

지옥으로 변해 버린 이 세계와는 전혀 어울리지 않는 하늘이다.


　도봉동에서 열린 던전에서는 2마리의 마이탄이 각각 괴물 군
단을 이끌고 피닉스 길드와 유니온 길드 병력들이 펼친 방어선
을 찢으며 도시로 쏟아져 나오고 있었다.
　아비규환.
　이제 병력이 반으로 줄어든 길드로서는 괴물들의 진군을 막
는 것이 불가능했다.
　플라잉카에서 상황을 살핀 한정유의 시선이 차갑게 빛났다.


　"호량이가, 도철이하고 저쪽을 맡아. 난 동쪽을 맡을 테니까.
가은 씨는 우리가 마이탄과 고등급 괴수들을 처단할 때까지 던
전 쪽에서 기다려요."
　"알았어요."


　마지막 싸움.
　한정유는 운전을 맡은 김가은에게 지시한 후 상공에서 그대
로 몸을 날려 흉성을 내지르며 도시를 파괴하는 마이탄을 향해
무극도를 빼 들었다.
　전고 12m.
　어른 몸통보다 훨씬 굵은 놈의 팔, 다리에 빌딩들이 수수깡처
럼 무너져 내렸다.
　거기다 사람들을 단숨에 잿더미로 만들어 버리는 헬 파이어
의 공격에 도시는 이미 지옥 그 자체였다.

비행.

한정유의 몸은 빌딩과 괴물들을 밟으며 자유롭게 비행했다.

단순한 비행이 아니다.

그의 무극도에서 도강이 뿜어져 나올 때마다 괴물들은 사지를 잃고 산산조각으로 변해갔다.

언제나 그렇듯 보는 것만으로 경이롭다.

인간의 범주를 초월한 초인들 중에서도 그는 그 격이 다른 무인이다.


한정유는 동쪽 빌딩들을 짓밟으며 전진하던 마이탄 군단의 중심으로 파고들어 십이 척에 달하는 도강을 뿌려댔다.

그토록 강하다는 마이탄도 도강의 거력을 감당하지 못한다.

도강이 스칠 때마다 마이탄의 팔, 다리는 차례대로 잘려 나갔는데 그건 주변에 포진하고 있던 와이번과 헬하운드도 마찬가지였다.


불과 20여 분 만에 상황을 정리한 한정유가 서쪽을 향해 몸을 날렸다.

문호량은 마이탄을 홀로 상대할 능력이 있었으나 한정유처럼 단숨에 처리할 능력이 없었기에 도와주지 않으면 오래 걸린다.

시간이 없다.

이왕 결심했다면 최대한 빨리 괴물들을 처치하고 던전에 들어갈 생각이었다.

"호량아, 이놈은 내가 맡을 테니까 나머지를 정리해."

허공에서 떨어진 한정유가 고함을 질러 문호량을 물러서게 만
든 후 헬 파이어를 뿜어내는 마이탄을 향해 그대로 진격했다.

무극진기를 전신에 두른 그는 헬 파이어의 열기를 고스란히
감당하며 마이탄의 목을 향해 비행했다.

콰앙!

단박에 떨어진 마이탄의 머리.

믿겨지는가.

3천 도에 달하는 헬 파이어의 불꽃을 뚫고 들어가 거대한 고
목을 연상시키는 마이탄의 머리를 잘라 버린 그의 괴력이.

더군다나 마이탄은 머리가 떨어진 상태에서 그대로 서 있었
다.

유리벽처럼 매끄럽게 단절된 머리.

마이탄은 자신의 죽음조차 미처 깨닫지 못한 듯 머리를 잃은
상태에서 움직이지 못했다.

찰나에 목숨을 잃었다는 뜻이다.


한정유는 작정한 듯 비행을 멈추지 않고 나머지 고등급 괴물
들만 골라서 처리한 후 아직 괴물들과 싸우고 있는 친구들을
향해 고함을 질렀다.

"호량아, 도철아. 이젠 됐다. 가자!"

그의 고함소리에 와이번을 상대하던 문호량과 김도철이 마지막 일격을 작렬시켜 괴물의 숨통을 끊어놓은 후 한정유를 따라 신형을 날렸다.

*　　　*　　　*

흰색 던전.
같으나 다르다.
처음 봤을 때의 던전과 색깔은 같았으나 눈앞에 나타난 던전은 더욱 투명하게 변해 있었다.

던전 앞에서 기다리던 김가은을 만난 한정유가 급하게 입을 열었다.
몇 번이나 떠나기 전 주의를 주었으나 안심이 되지 않았다.

"가은 씨, 절대 내 등 뒤에서 떨어지면 안 돼. 알았죠?"
"예."
"너희들은 가은 씨를 중앙에 두고 따라오면서 뒤를 맡아."
"알았어. 걱정하지 마."
"그럼 들어가자."

가슴이 뛴다.

인간의 범주를 벗어났음에도 이 세계와 이별한다고 생각하자 마음이 답답했다.

이 세계에 와서 많은 일들이 있었다.

언제나 자신을 사랑했던 가족들과 동고동락을 했던 동료들과의 추억이 한 올, 한 올 머릿속을 스쳐 지나갔다.

이젠 안녕. 잘 있어라.


입구를 통해 던전 안으로 들어간 한정유는 일행들이 따라붙는 걸 확인한 후 곧장 통로를 향해 달려 나갔다.

김가은의 수준에 맞춰 이동했지만 그 속도는 무척 빨랐다.

가장 무력이 떨어진다 해도 김가은은 피닉스 길드의 에이스로 활약했던 골든헌터다.


닥치는 대로 덤벼오는 괴물들을 도륙하며 전진했다.

선두에 선 한정유는 손속에 인정을 두지 않았다.

구홀부터 와이번까지.

던전 안에서 대기하고 있던 100여 마리의 괴물들을 해치우고 한참을 전진하자 출구가 눈앞에 나타났다.

예전처럼 출구 앞에는 한 무리의 괴물들이 지키고 있었다.


한정유는 주저하지 않았다.

그의 성격은 언제나 그렇다.

한번 마음먹으면 후회하지 않았고 목적을 이룰 때까지 누구보다 치열하게 싸운다.

3마리의 와이번과 스켈레톤 무리들을 향해 접근한 무극도가 섬광을 뿜어냈다.

  반월 형태의 도강 파편에 적중된 괴물들의 사체는 온전한 것들이 하나도 없었다.

  무극도에서 빠져나간 비도강은 괴물들을 도륙하고 통로까지 허물어뜨릴 만큼 무시무시한 위력을 가지고 있었다.

  "도철아, 후회되지 않냐?"

  "뭐가?"

  "나가면 다시는 못 돌아오잖아."

  "어머니를 예쁘게 안아드리고 왔다. 어차피 병이 악화되어 얼마 사시지 못할 거야. 동생들한테는 용돈도 듬뿍 쥐어주고 왔으니까 당분간 사는 데 불편하지 않을 거다."

  "호량이는 그 많은 아가씨들 두고 떠나서 조금 아쉽겠다."

  "이 자식아. 가은 씨 있는 데서 꼭 그 말을 해야겠냐?"

  "가은 씨도 다 알아. 너 여자들한테 인기 많은 거."

  "쓸데없는 소리 하지 말고 빨리 가기나 해. 갑자기 웬 청승이야. 어울리지 않게."

  "하하… 그런가. 이런 것도 추억이 될 것 같아서 분위기 한번 잡아봤어."

  한정유가 친구들과 김가은을 바라보며 환하게 웃었다.

  그러자 일행이 따라 웃었다.

웃을 상황이 아니란 거 잘 안다.

그럼에도 웃으며 떠나고 싶다는 게 일행들의 공통된 마음이었다.

한정유가 출구를 빠져나가는 걸 보며 일행들이 차례대로 몸을 날렸다.

배웅하는 사람조차 없는 이별.

서운함이 왜 없을까.

그럼에도 일행의 마음속을 가득 채운 건 허전함과 슬픔이 아니라 앞으로 다가올 새로운 운명에 대한 흥분과 기대감, 그리고 두려움이었다.

던전을 빠져나오면서 눈으로 들어온 파란 하늘.

지구에 있었던 것과 똑같은 색깔의 하늘이 먼저 눈으로 들어왔다.

한정유는 출구에서 빠져나온 후 뒤를 따라온 일행들과 함께 멈춰 서서 새로운 세상을 눈에 담았다.

"뭐야, 이거."

어이가 없다.

하늘을 가득 채우고 있는 건 3개의 태양과 수십 개의 구체들이었다.

구체의 정체는 행성이었다.

크기도 각양각색이었는데 어떤 것은 지구의 위성인 달만 했고 어떤 것은 그 몇 배에 달하는 것도 있었다.

더욱 그들을 놀라게 만든 건 끝이 보이지 않는 밀림과 그 속에 들어 있는 괴물들의 존재였다.

기가 막혀 말이 나오지 않았다.

던전을 통해 지구로 빠져나온 마이탄의 존재도 가끔 가다 보였으나 시야에 잡힌 것은 밀림 사이에 빌딩처럼 서 있는 괴수들이었다.

아무리 잡게 잡아도 전고 높이 30m는 훌쩍 넘는 괴수들이었는데 밀림 사이를 거닐며 포효를 내지르고 있었다.


"환장하겠군."

"저놈이 지구에 왔다면 다 죽었겠다. 마이탄들이 아예 옆에 가지도 못하잖아."

"그런데 이상하네?"

"뭐가?"

"저 괴물들 말이야. 지키고 있는 방위를 봐. 마치 오행진을 펼친 것 같지 않아?"


한정유가 거대한 괴수들이 서 있는 형태를 손가락으로 가리키자 문호량의 눈살이 일그러졌다.

맞다.

그의 눈에도 괴물들의 포진은 그냥 서 있는 게 아니었다.

"오행진은 아니야. 비슷한데 변형이 되어 있어."

"무슨 괴물들이 진법을 펼쳐. 그게 말이 된다고 생각해?"

"그건 나중에 생각하고 일단 우리 처지부터 살피자."

한정유가 주변을 둘러보다가 자신들이 빠져나온 던전의 출구를 찾았다.

그러다가 시선을 멈추고 입을 떡 벌렸다.

없다.

그들이 나온 출구는 어디에도 존재하지 않았다.

뒤늦게 한정유를 따라 상황을 눈치챈 일행들의 표정에서 당황함이 묻어 나왔다.

돌아가지 못한다는 건 이미 포기했지만 아예 출구가 없다는 건 생각해 보지 못했던 것이다.

그들이 서 있는 곳은 밀림이 끝난 곳에 서 있는 거대한 암벽이었다.

마치 성벽처럼 바위군이 펼쳐져 있었는데 그 끝이 보이지 않을 정도였다.

깎아지른 절벽의 높이는 아무리 적게 잡아도 100m 이상은 되어 보였다.

"이래서 돌아오지 못한 거군. 안에서는 나올 수 있지만 밖에서는 들어가지 못하는 구조였어."

"어쩌지?"

"너희들 생각은 어때?"

한정유가 반문을 하자 일행들의 눈이 다시 돌아갔다.

뒤로는 끝없이 펼쳐진 절벽, 그리고 앞으로는 괴수들이 득실대는 밀림.

눈에 보이는 건 마이탄과 처음 보는 괴수뿐이었으나 밀림 안에는 엄청난 숫자의 괴물들이 존재한다는 게 느껴졌다.

먼저 입을 연 건 김가은이었다.

"밀림 안으로 들어가면 저 괴물들과 끝없이 싸워야 될 거예요. 저곳을 봐요. 절벽이 저기서 끝나잖아요."

"그래서?"

"밀림을 거치지 말고 저곳으로 가요. 길은 없지만 충분히 갈 수 있을 것 같아요."

김가은이 가리킨 곳.

정말 그녀의 말대로 지평선 끝에 절벽이 끝나는 지점이 보였다.

밀림의 중앙을 관통해서 빠져나가는 방법도 있으나 김가은의 말대로 무모한 행동이다.

숱하게 머리를 내밀고 있는 마이탄을 둘째 치고 30m에 달하는 거대 괴수는 진법까지 구축하고 있었으니 일행이 빠져나갈 수 있다는 보장조차 없었다.

한눈에 봐도 알 수 있다.

지구에 나타나 빌딩을 허물며 무지막지한 괴력을 선 보였던 마이탄이 거대 괴수의 옆에 접근하지 못하는 것만 봐도 거대 괴수가 어떤 힘을 지녔는지 가늠이 되었다.

궁금했다.

과연 저 거대 괴수는 어떤 괴력을 지녔을까.

그럼에도 한정유는 김가은의 말을 들은 후 빠르게 상황 판단을 마쳤다.

그들이 등에 지고 온 비상 식량은 3일 치가 전부였으니 이곳에서 머무는 것은 자살행위나 다름없다.

"가은 씨 말대로 일단 저곳까지 가자. 저곳에 뭐가 있는지 보고나서 다음 행동을 결정하는 게 좋겠어."

"다행이네. 난 또 네가 밀림을 뚫자고 할까 봐 걱정했다."

"정유가 고생을 많이 하다 보니 철이 들어서 그래. 역시 사랑하는 사람이 옆에 있으니까 모험을 하지 않는군."

문호량과 김도철이 한숨을 내리쉬면서 다행이라는 표정을 지었다.

만약 김가은이 없었다면 한정유의 성격상 밀림을 뚫고 나가자고 고집 피웠을지도 모른다.

바위로 연속된 지형.

깎아지른 절벽 밑으로 밀림까지는 겨우 50m의 간격이 있었는데 갖가지 바위들이 가로막혀 이동하기가 쉽지 않았다.

하지만, 그들은 모두 무공을 익힌 고수들.

만약 일반인이었다면 아예 접근조차 포기했겠지만 그들은 신법을 펼쳐 난관을 극복하며 앞으로 전진했다.

고수들이라 해도 쉬운 길은 아니었다.

10m를 훌쩍 넘는 바위 너머로 계곡이 펼쳐졌고 칼날 같은 암석군이 수시로 나타났기 때문이다.


그때마다 한정유는 김가은을 등에 업었다.

친구들은 현경에 들어선 초고수들이었지만 김가은이 이동하기엔 무리가 따르는 지형이었다.

꽤 오랜 시간이 지났지만 목적지까지는 아직 반도 이동하지 못했다.

시계가 멈췄기 때문에 알 수 없었지만 이동을 시작한 후 대충 대여섯 시간은 지난 것 같았다.

어떻게 아냐고?

사람은 배꼽시계가 있으니 감각으로 시간을 계산할 수 있는 능력이 있다.

지구에서라면 벌써 날이 어두워졌어야 정상이었으나 이곳은 전혀 변화가 없었다.

3개의 태양이 처음 봤을 때와 똑같은 위치에서 움직이지 않았기 때문이다.

그 말은 이 행성이 자전하지 않는다는 걸 의미하는 것이었다.


문제가 터지기 시작한 것은 그들의 목적지가 선명하게 눈으로 들어오는 지점까지 이동했을 때였다.

밀림이 흔들리기 시작하면서 뒤늦게 일행을 발견한 괴물들이 공격을 시작한 것이다.


달려드는 괴물들을 막으며 암벽의 끝을 향해 신법을 펼쳤다.

처음에는 하급 괴수들이 공격해 왔으나 밀림이 흔들리며 밀림 사이에서 대가리만 보였던 마이탄들이 접근하는 게 보였다.


암벽의 끝까지 남은 거리는 1㎞ 정도.

문호량과 김도철이 접근하는 키메라와 스켈레톤을 도륙하는 동안 한정유는 김가은을 업고 거대 암석을 뛰어넘으며 빠르게 이동했다.

여기서 괴물들과 맞서 싸운다는 건 자살행위나 다름없다.

끝이 보이지 않는 밀림 속이 전부 다 괴물이다.

더군다나 성큼거리며 다가오는 전고 30m의 거대 괴수는 더없이 부담스러운 존재였다.

마이탄조차 옆에 가지 못할 정도라면 문호량이 상대할 수 없다는 뜻이고, 그건 일행이 위험다는 걸 의미했다.


문호량과 김도철은 달려드는 괴수들을 향해 검기를 날리며 앞서 빠져나가는 한정유의 뒤를 바짝 따라붙었다.

괴수들을 죽이기 위한 싸움이 아니었으니 방어가 우선이다.

본격적으로 마이탄이 싸움에 가담한 것은 암벽이 끝나는 지점에서 100m 정도 남겼을 때였다.

한정유는 김가은을 등에서 내린 후 친구들을 향해 소리를 질렀다.

칼날처럼 거대한 암석군이 끝나고 평지가 나온 지점.

100m 높이를 자랑하던 암벽은 이제 높이가 10m 정도로 낮아져 있었다.

"달려, 저것들은 내가 막을 테니까."

한정유가 교대하듯 측면을 지키며 달렸다.

평지가 나온 후 그들의 신형은 그야말로 바람과 다름없었다.

더군다나 한정유가 측면에서 마이탄을 상대하며 전진했기 때문에 나머지 세 사람은 괴수들의 공격을 신경 쓰지 않고 전력을 다해 신법을 펼칠 수 있었다.

그럼에도 위험투성이다.

한정유가 방어를 했지만 마이탄이 뿜어내는 헬 파이어가 일행들의 이동을 계속해서 방해했는데 주변 바위들이 시꺼멓게 그을려졌다.

만약 검강의 방패를 시전해서 일행들을 보호하지 않았다면 제대로 달리기 어려웠을 것이다.

이윽고 암벽이 끝나는 지점에 도착했다.

뒤쪽에서는 끝이 보이지 않을 정도로 수많은 괴물들이 그들을 추격하기 위해 쫓아오고 있는 중이었다.

땀이 주르륵 흘렀다.

전고 30m에 달하는 괴수들이 접근해 오는 속도가 너무 빨랐기 때문이다.


망설일 틈이 없었다.

암벽이 끝나는 지점에 도착한 일행은 지체 없이 바위군을 타고 내려가 개활지로 들어섰다.

뒤늦게 그들이 있었던 곳의 지형이 확인되었다.

거대한 암벽이 밀림을 보호하듯 자리하고 있었는데 입구에는 거대한 초원이 펼쳐진 형상이었다.


초원으로 빠져나와 무조건 달렸다.

괴물들의 숫자는 셀 수도 없었다.

거대한 밀림 자체가 전부 괴물들이었으니 괴물들의 숫자를 센다는 것 자체가 말이 안 되는 짓이다.


그나마 다행인 것은 괴물들의 추격 속도가 그들에 비해 현저히 느리다는 것이었다.

무림의 고수.

한정유는 물론이고 친구들마저 현경에 오른 절대고수들이었으니 그들의 신법은 폭풍처럼 빠르다.

한정유는 다시 김가은을 업은 채 초원을 가로질렀다.

당연히 그녀의 신법도 괴물들에 비해 훨씬 빨랐지만 한정유는 초원에 들어서자 지체 없이 김가은의 옆구리를 낚아챘다.

초원은 끝이 펼쳐져 있었다.

괴물들의 모습은 보이지 않았으나 일행은 신법을 멈추지 않은 채 광활한 초원을 내쳐 달렸다.


얼마나 달렸을까.

거의 한 시간 가까이 달리던 한정유가 신법을 멈추고 신형을 정지시켰다.

초원이 끝나고 전면에 깎아지른 비탈면이 나타난 지점이었다.

경사 각도로 봤을 때 최소 45도 이상 되는 비탈면이었다.


어이없는 규모.

이 세계는 모든 것이 지구와 규모 자체가 달랐다.

아마 이런 비탈면이 지구에 있었다면 천혜의 관광지로 자리 잡았을 것이다.

비탈면의 중간에 걸린 구름.

구름이 중간에 걸려 있다는 건 비탈면이 상상을 초월할 정도로 높은 곳에 위치한다는 걸 알려준다.


한정유는 비탈면을 한참 살피다가 몸을 돌려 그들이 지나온 곳으로 시선을 준 후 입을 떡 벌렸다.

믿기지 않는 광경이 눈앞에 나타났기 때문이다.

놀라움의 연속.

거대한 암벽으로 둘러싸인 밀림이 셀 수 없이 많았다.

초원 건너에는 그들이 빠져나온 곳과 똑같은 형태의 밀림들이 대충 세어도 백여 개 이상 길게 포진하고 있었는데 시선에 닿는 곳까지 센 숫자만 그 정도였다.

괴물들의 추격을 피해 빠르게 이동하느라 확인하지 못한 것도 있었으나 초원의 끝에 도착해서야 그들이 달려온 구배가 오르막 경사를 이루고 있다는 걸 알았다.

초원은 마치 공을 반으로 잘라놓은 것처럼 양쪽 끝이 높고 가운데가 움푹 파여 있는 구조였다.

"저 속에 전부 괴물들이 들어 있겠지?"

"아마도."

"그렇다면 도대체 괴물들이 얼마나 있다는 거야? 씨발, 여긴 괴물들 세상인 모양이네."

김도철이 한숨을 길게 흘리며 비탈면을 가로막고 있는 구름을 쳐다봤다.

아무리 좋게 생각하려 해도 다른 생각이 떠오르지 않았다.

당장 이곳의 규모만 해도 가늠이 안 되었고 이런 상태라면 비탈면 밑의 세상도 이와 비슷할 거란 추측이 들었다.

"어쩌지?"

"뭘 어째. 내려가야지. 넌 저 소리가 안 들려?"

김도철의 질문에 한정유가 초원 너머를 향해 시선을 돌렸다.

부드러운 진동. 지축이 울리는 소리다.

진동은 점점 강해지고 있었는데 수많은 기마병들이 달려오는 것과 비슷했다.


"따라오는 거야?"

"그럼 뭐겠어."

"환장하겠네."

"괴물들이라 그런지 포기를 모르는군. 싸울래, 아니면 내려갈래?"

"그걸 말이라고 해. 어차피 여기서 살 것도 아닌데 내려가야지. 가서 뭐가 있는지 확인해 보자고. 이거, 아무래도 괜히 따라왔나 봐. 저 밑에도 정말 괴물들 천지면 여기서 뼈를 묻겠구만. 네 생각에도 그렇지?"

"가서 확인해 보면 알 거 아냐."

"태평한 놈."

"가은 씨, 업혀요."

"아뇨, 이 정도는 저도 충분히 내려갈 수 있어요."


김가은이 어깨를 들썩이며 대답했다.

과도한 보호.

한정유는 그녀 스스로 암석군을 타고 넘을 수 있다는 걸 알면서도 무조건 업고 달렸다.

싫지는 않았지만 그렇다고 부담되지 않은 건 아니었다.

그가 왜 자신을 업는지 너무나 잘 알고 있었으나 계속해서 어린아이 취급을 받는 건 자존심이 허락지 않았다.

비탈면을 따라 내려갔다.
비탈면은 암석으로 구성되어 있었는데 경사는 급했으나 나무가 없는 지구의 산과 비슷한 구조였다.
신법을 펼쳐 빠르게 이동할 수도 있었으나 아래쪽에 뭐가 있는지 모르는 상황에서 굳이 속도를 올릴 필요는 없었다.
괴물들로 가득 찬 세상.
이 세상은 온통 위험투성이라 해도 과언이 아니다.

비탈면에 걸린 구름을 뚫고 내려가자 또다시 거대한 초원이 펼쳐졌다.
기가 막힌 것은 어마어마한 괴물들의 군단이 진형을 갖춘 채 초원을 가득 채우고 있다는 것이었다.
마치 누군가와 전쟁을 벌이는 것처럼 형성된 진형이었다.

"저게 뭐야?"

어이가 없다는 듯 문호량의 입에서 탄식이 새어 나왔다.
이 세계에 온 이후로 지금까지 꽤 오랜 시간 동안 온통 예상 밖의 일만 벌어지고 있었다.

"마치 출전하는 진형인데?"
"그러네."

"그렇다면 저 초원 너머엔 뭔가 다른 존재가 있다는 거잖아. 괴물들과 싸우는?"

"또 다른 괴물들일 수도 있어."

"야, 넌 조금 희망적으로 말하면 안 돼? 괴물들이 질리지 않아?"

"아니면 말고."

"그나저나 이번에는 정말 피할 길도 보이지 않은데 어쩔 거냐?"

"일단 여기서 잠깐 쉬면서 생각을 해보자."

김도철의 의향 타진에 문호량이 급히 나섰다.

성질 급한 한정유가 무작정 뚫자고 할까 봐 선수를 친 게 분명했다.

하지만 한정유는 문호량의 말이 떨어지자마자 둥그런 바위 뒤로 가더니 등 뒤에 멘 가방을 내렸을 뿐이다.

그런 후 김가은을 향해 옆으로 오라는 손짓을 했다.

"이리 와서 앉아요. 힘들었을 텐데."

"여기서 쉴 거예요?"

"호량이가 쉬자고 했으니까 곧 좋은 방안을 만들 겁니다. 우린 여기서 허기나 채우며 기다리면 돼요."

무뚝뚝하지만 나름대로 자상하다.

한정유는 가방에 들어 있던 비상식량을 꺼내 그녀가 먹기 좋게 놓아주고 자신도 숟가락을 들었다.

눈꼴신 장면.

두 사람이 도란도란 이야기를 주고받으며 음식을 먹는 동안 문호량과 김도철은 조금 떨어진 곳에서 괴물들을 향해 앉은 채 비상식량을 입에 물었다.

"정말 많네. 나도 전쟁이라면 이가 갈릴 정도로 해봤지만 저 정도 규모는 처음 본다."

"이 괴물들은 원래부터 여기서 살았던 거겠지?"

"그럼 다른 세계에서 왔을까 봐?"

"혹시 지구처럼 이 세계에도 차원을 통해 저 괴물들이 넘어온 건 아닐까?"

"그럴 리 없다. 지구에 나타난 괴물들의 숫자와 여기에 있는 괴물들의 숫자를 생각해 봐. 여긴 저놈들의 근거지가 분명해."

김도철의 의문에 문호량이 단호하게 대답했다.

차원을 넘어오는 것도 한계가 있지 저렇게 많은 괴물들이 넘어온다는 것 자체가 말이 안 된다.

하늘에 떠 있는 3개의 태양.

태양이 3개나 되면 쪄 죽을 정도로 더워야 하는데 어쩐 일인지 이곳의 기온은 한국의 가을 날씨처럼 청명했다.

더불어 지구와 모든 것이 비슷했다.

자신들이 편하게 숨 쉴 수 있는 산소가 있었고 중력의 변화도 전혀 느껴지지 않았다.

문호량이 벌떡 자리에서 일어난 건 전방에 배치되어 있던 괴물들의 진형이 움직이기 시작했기 때문이다.

"정유야, 괴물들이 전진하는데?"
"어디로 가는 거야?"
"동쪽 방향이네. 어쩔래, 따라갈까?"
"야, 괴물들을 왜 따라가. 할 일이 그렇게 없어?"

문호량의 제안에 김도철이 펄쩍 뛰었다.
당연한 일이다.
그들이 이곳에 온 건 괴물들과 싸우기 위함이 아니라 지구에 던전이 발생하는 원인을 알아내어 제거하기 위함이었다.
하지만, 한정유의 대답은 분명했다.

"따라가자."
"야, 너희 미쳤어? 왜 따라가는데, 넌 괴물들과 싸우는 게 좋냐?"
"궁금하잖아. 이 행성의 크기가 얼마나 되는지 우린 몰라. 만약 이 행성이 지구보다 크다면, 그리고 대부분 사막이나 초원뿐이라면 괴물들과 반대 방향으로 가다가 아무것도 안 나오면 어쩔래?"
"나올 수도 있지!"
"괴물들이 전진하는 곳에 분명 뭔가가 있을 거야. 우린 그것부터 확인해 보는 게 좋겠어."

"제 생각도 그래요. 저 괴물들, 뭔가에 통솔되는 것 같아요. 처음에는 중간중간에 있는 거대 괴수들이 우두머리라 생각했는데 그건 또 아닌 것 같아요."

"거대 괴수들이 아니라면 지휘하는 게 누구란 말입니까?"

"아직은 모르겠어요."

"그렇게 추측한 이유는요?"

"이상하게 저 거대 괴수들은 누군가의 지시를 받는 병사들처럼 느껴져요. 예를 들면 부대를 이끄는 지휘관 정도?"

김가은이 갸웃거리며 말을 흐렸다.

그녀 역시 자신이 없기 때문이었다. 그럼에도 이상한 느낌이 들었다.

거대 괴수들은 정확한 간격을 유지한 채 괴물 군단을 이끌고 있었는데 절도가 있었고 질서가 명확했다.

조심스럽게 괴물 군단을 따라 이동했다.

괴물들의 이동은 제법 빨랐는데 대충 2시간이 지났음에도 멈출 기미를 보이지 않았다.

그러던 한순간.

멀리 초원 한가운데 우뚝 서 있는 성을 확인한 일행들의 발걸음이 동시에 멈췄다.

"저거, 성 맞지?"

"맞긴 한데… 초토화가 되었군. 누군가에게 박살이 난 것 같아."

"성이라면 사람이 산다는 뜻이잖아. 안 그래?"

"사람이 아니라 외계인일 수도 있어. 이 세계에 사람이 산다는 게 가능하다고 생각해?"

"저길 봐요. 반대쪽에 다른 성이 보여요."

김가은의 말대로 진행 방향 서쪽에 성의 모습이 나타났다.

워낙 멀어서 손톱만 하게 보였지만 분명히 성이었다.

"점점 호기심이 동하네. 사람이건 외계인이건 성을 만들어서 살았다는 건 적어도 괴물은 아니란 뜻이야. 그리고 그 존재들이 괴물들과 싸우는 것일 테고."

"추리력 좋아. 아주 훌륭해."

"괴물들이 성을 그냥 지나치잖아. 우측으로 방향을 틀었어!"

김도철의 말대로 괴물들의 선두가 파괴된 성을 돌아 우측으로 전진하는 게 보였다.

김가은이 발견했던 서쪽 성과 정반대 방향이었다.

"도대체 이것들 목적지가 어디야. 얼마나 가는 건지 모르겠네."

"괴물들이 모두 성을 통과하면 들어가 보자. 가서 조사해 보면 이 세계에 대한 많은 정보를 얻을 수 있을 거야."

괴물 군단의 진형은 거의 3㎞에 달했다.

그것도 끝이 보이지 않은 초원의 중앙을 200m 폭으로 움직였으니 그 숫자는 가늠조차 되지 않았다.

한참을 기다렸다.

일행이 성을 발견하고도 30분 정도 지나서야 괴물의 후미가 완전히 성을 지나쳤다.


한정유를 선두로 일행들은 조심스럽게 성에 접근했다.

성에 접근할수록 악취가 코를 찌르기 시작했다.

성 밖에는 거대한 해자가 파여 있었는데 그 속에는 수많은 괴물들이 사체가 되어 썩고 있었다.

신법을 펼쳐 해자를 건너, 부서진 성벽을 타고 넘어 안으로 들어간 일행은 걸음을 멈출 수밖에 없었다.

성의 규모는 대단했다.

하지만, 그 안은 거대한 무덤으로 변해 있었다.

일행들이 놀란 것은 괴물들 속에 섞여 있는 사람들의 시체를 발견했기 때문이다.

제38장

이계인

　한정유는 금빛 갑옷을 입은 채 쓰러져 있는 사람들의 상태를 확인하면서 눈살을 진득하게 찌푸렸다.

　괴물들에 의해 살해당한 것이 분명한 사람들의 모습은 처참 그 자체였다.

　하지만, 그가 눈살을 찌푸린 건 시체의 참혹함 때문이 아니라 신장과 형태가 인간과 다르다는 걸 알아챘기 때문이다.

　크다.

　일단 모든 시체의 신장이 가뿐히 2m가 넘었고 어떤 건 그보 다 훨씬 큰 것도 있었다.

　인간과 유사했으나 모습 자체도 조금씩 달랐다.

　귀의 모양과 눈의 색깔, 금색으로 빛나는 머리카락은 지구에 서 볼 수 없는 것이었다.

"인간과 비슷한데 인간은 아니야."

"영화에서 나오는 엘프들과 비슷한 귀를 가졌네. 키도 인간보다 훨씬 크고."

"무기들이 보이지 않는군. 분명히 전투를 치른 것 같은데 무기가 없어."

"괴물들의 사체를 봐. 구홀들은 아예 반으로 잘렸고, 살라멘더와 스켈레톤은 주로 목이 날아갔잖아. 잘린 상태도 여러 가지야. 마치 인간들이 괴물들을 상대한 것과 비슷해."

"무기도 없으면서 뭘로?"

"강기 종류겠지. 우리가 쓰는 것처럼 이들도 내공이 있다면 가능하지 않겠어?"

"그렇긴 한데… 인간과 생긴 것도 비슷하고 내공까지 지닌 외계인이라, 참 곤란하군."

　

김도철이 머리를 긁적이며 사방에 깔린 시체의 무덤으로 시선을 던졌다.

성의 규모는 정말 엄청났다.

직경으로 최소 5㎞에 달할 정도였고 건물들이 질서 있게 배치되었는데 처음 보는 건축양식이었다.

하지만 시체들의 숫자는 성의 규모에 비해서 적었다.

물론 지천에 깔린 것이 전부 시체였지만 성안을 가득 채운 건물들의 규모에 비해 그렇다는 뜻이다.

그건 전사들만 남겨놓고 주민들이 대피했다는 걸 의미했다.

"시체의 상태로 보면 꽤 오래전에 벌어진 전투야. 이자들은 여길 방어하다가 당한 걸 테고."

"괴물들이 여길 공격한 이유는 뭐지?"

"지구를 공격할 때 괴물들이 이유가 있었을까?"

"우문현답이네."

"가자, 괴물들 쫓아가야 되잖아."


한정유가 천천히 자리에서 일어났다.

지능을 가진 존재의 발견.

금빛 갑옷을 입었고 시체에서 발견된 각종 액세서리로 봤을 때 이들은 인간 못지않은 고등 지능의 소유자들이 분명했다.

그렇다면 희망이 있다.

어쩌면 던전이 발생한 원인을 이들에게서 확인할 수 있을지 모른다.


괴물들을 따라 3일을 걸었다.

오는 동안 처음에 발견했던 것과 비슷한 성들을 20여 개나 확인할 수 있었다.

상황은 마찬가지.

모든 성들은 괴물들과 이계인들의 시체들로 가득 차 있었는데 거대한 규모의 성에서 생존자는 발견하지 못했다.


괴물들이 멈춘 것은 초원이 끝나고 끝이 보이지 않는 산맥에

도착했을 때였다.

"멈췄어."

"왜 멈췄지. 앞에는 온통 산악뿐인데?"

"혹시, 저 산악 지대에 이계인들의 본거지가 있는 거 아닐까요?"

"아니야, 저길 봐. 저쪽."

김가은의 추측에 한정유가 손가락을 들어 산맥의 중앙부를 가리켰다.

그냥 봤을 때는 전부 이어진 것처럼 보였으나 중앙부 한쪽이 교묘하게 갈라져 있었다.

"멈춘 게 아니라 저길 통과하기 위해 정렬한 거였어. 괴물들이 무척 똑똑하네."

"전부 빠져나가길 기다렸다가는 꽤 오래 걸리겠다. 우리가 먼저 가는 게 어때?"

"어디로?"

"어디긴, 저길 넘는 거지."

다시 손가락이 산맥을 가리켰다.

병풍처럼 초원을 가로막고 서 있는 산악 중 한 곳.

그곳은 다른 곳보다 낮아 보였는데 봉우리와 봉우리가 만나는 지점이었다.

그럼에도 접근하기는 쉬워 보이지 않았다.

이 많은 괴물들이 산악지를 넘지 않는 건 시작점부터 워낙 깎아지른 암벽으로 구성되어 접근이 어려웠기 때문이다.

하지만 한정유 일행은 주저 없이 괴물 군단의 뒤를 돌아 산악을 향해 이동했다.

아무리 깎아지른 절벽이라도 현경의 고수들에겐 그리 어려운 일이 아니다.

절벽을 넘어 산악으로 들어선 후 일행은 신법을 펼쳐 빠르게 반대쪽으로 질주했다.

궁금하다.

이계인의 정체가 너무나 궁금해서 견딜 수가 없었다.

신법을 펼치고도 거의 3시간이나 지나서야 정상에 섰다.

현경에 든 고수들의 신법으로도 3시간이 넘게 걸렸으니 정말 어마어마한 규모의 산맥이었다.

"세상에······."

"저게 뭐야. 환장하겠군."

눈앞에 펼쳐진 광경을 본 일행들이 전부 입을 떠억 벌렸다.

신기루처럼 나타난 거대한 성.

그들이 지나쳐 온 성들도 엄청난 규모를 자랑했지만 눈앞에 보이는 성에 비한다면 새 발의 피처럼 느껴질 정도였다.

문제는 그 거대한 성이 새까맣게 깔린 괴물들의 공격을 받고 있다는 것이었다.

"괴물들의 목적지가 저 성이었던 모양이군."
"성이 워낙 커서 가까워 보이는 거지 꽤 먼 거리야."
"대충 30㎞는 떨어져 있는 것 같네."
"저길 어떻게 가지. 괴물들 몰래 가기는 어려울 것 같은데?"

맞는 말이다.

산맥을 지나면 광대한 들판이 존재했고 성까지는 셀 수 없는 괴물 군단들이 포진한 채 대기하고 있었다.

그러고 보면 괴물들은 상당한 지능을 가지고 있는 게 분명했다.

아니, 괴물들이 아니라 괴물들을 조정하는 누군가라는 표현이 맞겠다.

지구에 나온 괴물들은 구홀부터 마이탄까지 무질서한 공격을 펼쳤는데 지금 이곳에 있는 괴물들은 질서정연하게 진형까지 구축하고 있으니 누군가의 통제를 받고 있는 게 분명했다.

문호량의 말을 받은 것은 김가은이었다.

"가는 것도 문제지만 성에 도착해선 어쩌죠. 만약 저들이 우릴 공격한다면 우린 양쪽에서 공격을 받게 되잖아요."
"그것도 그러네. 이거 진퇴양난일세."

"그래도 가야 해. 어차피 한 번은 부딪쳐야 될 일이잖아."

"다시 생각해 봐. 그냥 부딪쳤다가 잘못하면 죽을 수도 있어. 저 이계인들은 지구의 인간들과 달라. 너도 봤잖아, 수없이 죽어 있는 마이탄과 거대 괴수들의 사체들. 저들은 우리 이상의 힘을 가졌을지도 몰라."

"안 그러면 다른 방법이 있어?"

"상황을 봐서 몰래 들어가는 방법도 있지. 정문 말고 후문으로."

한정유의 시선을 받으며 문호량이 대답했다.

그는 전략가 출신답게 모든 일에 완벽하지 않으면 움직이지 않는 습성을 가졌다.

그러나 한정유는 그의 말을 들으며 쓴웃음을 지었다.

전시의 상황은 머리로 생각하는 것과 항상 일치하지 않기 때문이다.

"정문으로 들어갈지 후문으로 갈지는 일단 가서 판단하자. 하지만 이상하게 난 성벽으로 넘어가야 될 거란 생각이 드네."

어디로 가야 할지 결정하는 건 그리 어려운 일이 아니었다.

산 정상에서 괴물들의 진형과 거성의 형태가 고스란히 보였기 때문에 일행은 산맥에서 내려와 최대한 빠른 속도로 북서쪽을 향해 달렸다.

측정조차 되지 않는 거성의 북서쪽엔 그만한 규모의 호수가 자리 잡고 있었기 때문이다.

괴물들은 전방위에 걸쳐 성벽을 공략하고 있었지만 호수 쪽 만큼은 다른 곳에 비해 진형이 허술한 편이었다.

하지만, 그것도 쉬운 일은 아니었다.

최대한 산맥자락을 거슬러 북서쪽으로 이동했지만 거성까지 가는 진로에는 여전히 셀 수 없는 괴물들이 포진하고 있었다.

"준비됐나?"

"응."

"싸우는 게 목적이 아니라 통과가 목적이라는 거 잊지 마. 가 은 씨는 내 뒤를 바짝 붙어서 따라와요."

"알았어요."

순순히 대답하는 그녀의 입술을 바라보며 한정유가 슬쩍 무 극도를 치켜들었다.

이번에는 업을 수 없었다.

워낙 많은 괴물들이 전방에 있어 자신이 선두를 맡아 활로를 뚫어야 했다.

"가자!"

한정유는 말이 끝나는 순간 현천보법을 펼치며 맹렬하게 전진 하기 시작했다.

아직 괴물들은 그들의 출현을 인지하지 못한 상태.

괴물들이 알아채기 전에 최대한 거리를 좁혀 놓을 필요가 있었다.


후위에 있던 괴물들이 그들의 존재를 인지한 것은 거의 호수와 10㎞ 정도 이격된 곳부터였다.

거대한 울음소리가 터지면서 키메라를 필두로 스켈레톤과 살라멘더, 와이번의 무리들이 달려들었다.

한정유의 무극도에서 도강이 뿜어졌다.

측면은 문호량과 김도철에게 맡기고 그는 오직 전면을 뚫는데 집중했다.

도강이 뿜어질 때마다 한꺼번에 십여 마리의 괴물들이 피떡이 되어 날아갔다.

거침없는 질주.


괴물들의 숲을 뚫고 전진하는 한정유의 모습은 폭풍 그 자체였다.

마치 일직선으로 길이 나는 것처럼 괴물들의 진형이 처참하게 무너져 내렸다.

뒤늦게 마이탄들이 달려들었으나 상황은 변하지 않았다.

일행들의 안전을 위해 전력을 다했기 때문에 그가 펼치는 도강의 범위는 전방 10m까지 뿜어져 나갔다.


서둘렀다.

괴물들의 진형이 무너지면서 5마리의 거대 괴수들이 일행을 향해 접근해 오는 게 보였다.

이제 남은 거리는 불과 3㎞.

이 속도로 그대로 달리면 거대 괴수들과의 조우는 2㎞ 전방에서 이루어질 것이다.


"호량아, 떡대들 오는 거 보이지?"

"봤어."

"저것들은 내가 맡은 테니까 넌 가은 씨 데리고 곧장 성으로 가."

"그런데 가까이 갈수록 성벽이 너무 높다. 오르는 게 쉽지 않겠어."

"정 안 되면 호수로 들어가라."

"저 호수에 담긴 게 뭔 줄 알고!"

"어쨌든 성까지 가서 버텨. 최대한 빨리 합류할 테니까."


예측은 맞았다.

전고 30m에 달하는 거대 괴수들이 포위하듯 일행을 향해 전면을 막으며 다가온 것은 이제 우뚝 솟은 성벽의 높이가 확인될 만큼 가까워졌을 때였다.


"빠져나가!"


맨 앞에서 달려온 거대 괴수의 팔이 다가오는 순간 한정유가 공중으로 떠오르며 일행들을 향해 소리를 질렀다.

마이탄의 팔이 어른 몸통 정도로 굵었다면 거대 괴수의 팔과 다리는 거대한 기둥처럼 여겨질 정도였다.

하지만, 진짜는 팔이 아니라 손이었다.

손에 달려 있는 8개의 창처럼 삐져나온 뿔은 보검처럼 날카로워 휘둘러질 때마다 허공에 새파란 파공성을 작렬시켰다.

한정유는 땅을 박차고 비상하면서 거대 괴수의 허벅지를 향해 도강을 날렸다.

콰르릉!

도강이 거대 괴수의 허벅지를 가격하자 어이없게 거대한 폭음이 터져 나왔다.

마치 강철 벽을 때린 느낌.

거대 괴수의 신형이 휘청하며 한쪽으로 기울었다.

허벅지가 반이나 잘린 거대 괴수가 흉포한 비명 소리를 지르며 입을 쩌억 벌렸다.

그러자 놈의 입에서 붉은 화살들이 쏟아져 나왔다.

말이 그렇다는 뜻이다.

정확한 정체는 모르지만 화살처럼 길쭉한 형태의 물체가 빛살처럼 빠른 속도로 한정유를 노렸다.

본능적인 위기감.

역겨운 냄새가 훅하고 다가오는 순간 한정유는 현천보를 이용해서 우측으로 빠져나갔다.

놈의 입에서 쏟아져 나온 붉은 화살이 땅에 닿는 순간 시뻘건 화염이 솟구치며 대지를 태웠다.

땅이 탄다.

그만큼 지독한 열기를 지녔다는 뜻이다.


아직 하나도 처리하지 못했는데 이번에는 측면에서 다가온 괴수가 공격을 해왔다.

단박에 죽이지 못한다는 건 이런 상황에서 최악이다.

미친 듯 달려오는 3마리의 괴수들이 보였다.

만약 다른 괴수들까지 달려와 포위를 당한다면 일행의 안전이 위험하다.

그나마 다행인 것은 마이탄을 비롯한 다른 괴물들이 접근하지 않았다는 것이다.


빠르게 판단을 내린 한정유가 전면을 가로막고 있는 거대 괴수를 향해 날아올랐다.

초반 공격으로 허벅지가 반이나 잘린 괴물이었다.

한번 도약으로 10m 날아오른 한정유가 괴물의 허벅지를 다시 한번 자른 후 도약을 하며 더 높이 솟구쳐 올랐다.

움직임을 중단시키고 놈의 목을 치기 위함이었다.


번쩍!

섬광이 터지며 한 줄기 광휘가 거대 괴수의 목을 지나갔다.

섬전십삼뢰의 후삼식 중 하나인 파혼(破魂)이었다.

아무리 강철 같은 피륙을 지녔다 해도 모든 물체를 파괴한다는 파혼(破魂)의 위력을 견뎌내지 못한다.

거대 괴수의 머리가 하릴없이 잘리는 순간 한정유의 신형이 놈의 어깨를 밟고 다시 솟구쳐 올라 측면에서 다가온 괴수를 향했다.

그 순간 놈의 입에서 붉은 화살이 쏟아져 나왔다.

동료의 죽음에 위기를 느꼈기 때문인지 거대 괴수는 한정유의 신형이 날아오는 순간 공격을 가해왔다.

지능이 있는 게 분명하다.

분노에 찬 붉은 눈. 그리고 위험을 직감하며 진로를 방해하기 위한 선제공격과 회피 기동.

붉은 화살의 정체를 이미 알고 있었기에 한정유는 천근추의 수법을 써서 빠르게 떨어져 내리며 방향을 바꿨다.

자유자재.

현천보의 신기가 50m 상공에서 그의 몸을 공간이동시키는 마법을 부렸다.

붉은 화살을 피해 거대 괴수의 뒤로 돌아간 한정유가 떨어져 내리는 속도를 유지한 채 괴수의 목을 향해 다시 한번 파혼(破魂)을 날렸다.

쿠웅!

거대 괴수의 목이 땅에 떨어지는 걸 확인한 한정유는 추가적으로 달려오는 거대 괴수를 상대하지 않고 곧장 일행을 향해 신법을 펼쳤다.

다 죽이기 위함이 아니라 시간을 벌기 위함이었고 일행의 능력으로는 괴물들의 공격을 버티기에 한계가 있었으니 최대한 서둘러야 했다.

그의 예상대로 일행은 문호량이 주축이 되어 미친 듯 달리고 있었지만 그 속도가 점점 줄어들고 있었다.

마이탄들의 헬 파이어 공격에 진로가 방해되었고 전면에서 다가온 괴물들을 처치하는 것도 쉽지 않았기 때문이다.

한정유는 일행의 뒤를 쫓는 괴물들을 박살 내며 무풍지경으로 달렸다.

이제 성벽까지 남은 거리는 불과 200m.

그럼에도 좋은 상황이 아니다.

뒤에서는 거대 괴수들이 추격해 왔고 우측과 전면으로 무수한 괴물들이 진로를 방해하고 있었다.

혼자라면 어떤 상황에서도 버티겠지만 일행들은 그렇지가 않다.

특히 김가은은 와이번조차 상대하기 어려운 실력이라 자칫하면 끔찍한 상황이 연출될 수도 있었다.

쏟아지는 괴물들을 넘어 공중을 비상했다.

눈 깜짝할 사이에 10m씩 쭉쭉 날아가는 그의 신형은 마치 전투기를 보는 것처럼 폭발적이었다.

"호랑아, 옆쪽 막아!"

일행을 뛰어넘으며 한정유가 소릴 지르자 전면을 헤쳐 나가던 문호량의 신형이 자연스럽게 우측으로 이동했다.

그사이 김도철은 괴물들에게 당했던지 왼쪽 어깨와 옆구리에서 피를 흘리고 있었다.

그나마 다행인 것은 김가은이 무사하다는 것이었다.

한눈에 알 수 있었다.

친구들은 김가은을 보호하기 위해 자신의 몸조차 돌보지 않고 사력을 다한 것이 분명했다.

괴물들을 헤치고 성벽에 도착한 한정유는 일행을 호수 쪽으로 이동시킨 후 전면을 가로막았다.

성벽의 높이는 대충 봐도 100m가 훌쩍 넘는다.

더군다나 중앙부는 괴물들의 지속적인 공격으로 파괴된 곳이 중간중간 보였지만 그들이 도착한 호수 경계부는 생생한 상태였다.

그나마 다행인 것은 성벽 중간중간에 돌출부가 보인다는 것이었다.

적들의 공격을 중간에서 차단하기 위해 만든 것으로 보이는 개구부가 20m 높이마다 설치되어 있었다.

"호량아, 도철이하고 먼저 올라가!"

"헉헉… 가은 씨는?"

"내가 데리고 간다."

"괜찮겠어?"

"시간 없다, 빨리 가."


벌떼처럼 몰려드는 괴물들의 공격을 홀로 가로막은 채 한정유가 고함을 질렀다.

다른 방법이 없다.

이대로 그냥 시간을 보내면 친구들과 김가은은 죽음을 피할 길이 없다.

10마리의 거대 괴수들이 괴물들을 헤치며 그들을 향해 다가오고 있었기 때문이다.


문호량과 김도철이 신법을 펼쳐 성벽을 타고 오르는 것이 보였다.

중간의 개구부가 없었다면 그들이 아무리 현경의 고수들이라도 어려웠겠지만 발판이 있으니 충분히 가능했다.

거대 괴수들이 도착한 것은 친구들이 성벽을 중간 정도 올라갔을 때였다.


한정유는 다가온 헬하운드 무리들을 도륙한 후 지체 없이 김가은을 들쳐 업었다.

김가은을 두고 거대 괴수들을 상대할 수는 없기 때문이었다.

"꼭 잡아야 해. 떨어지면 안 돼!"

김가은을 업은 한정유가 양쪽에서 덮쳐 온 거대 괴수들을 피해 괴물들의 무리 속으로 파고들었다.

근접해 온 거대 괴수들 앞에서 성벽을 타고 오른다는 건 자살 행위나 다름없다.

그랬기에 그는 괴물들을 향해 도강을 뿜어내며 성벽을 따라 일직선으로 이동했다.

포위망을 벗어나 도주하는 한정유를 향해 거대 괴수들의 입에서 붉은 화살들이 무차별적으로 쏟아져 나왔다.

일대가 파괴되는 건 순식간이었다.

거대 괴수들은 지천으로 깔려 있는 괴물들의 안위를 전혀 돌보지 않고 이동하는 한정유를 죽이기 위해 붉은 화살을 뿜어냈는데, 그때마다 거의 10m의 범위가 초토화되었다.

현천보를 극성으로 끌어 올린 한정유는 후방에서 날아온 거대 괴수의 공격을 피하며 순식간에 500m를 이동했다.

그가 온 후방은 괴물들의 시체가 산더미처럼 쌓였다.

그중 반은 한정유가 도륙한 것이고 나머지 반은 거대 괴수들의 공격으로 인해 죽은 것이었다.

거대 괴수들의 공격에서 완벽하게 벗어난 한정유의 신형이 성벽을 타고 공중으로 치솟았다.

전고 12m의 마이탄 2마리가 헬 파이어를 뿜어내며 공격했으나 사선으로 날아가며 수시로 방향을 바꾸는 한정유를 잡지 못했다.

<br>

*　　　　*　　　　*

<br>

성곽을 밟은 신형이 10m를 더 솟구쳤다가 성루를 향해 떨어져 내렸다.

자신을 바라보는 무수한 시선.

성루에는 100여 명의 이계인들이 경이에 찬 시선으로 자신을 바라보고 있었다.

그들은 혹시 모를 괴물들의 공격에 대비해서 외곽 지역을 방어하던 병력으로 보였다.

처음 만난 살아 있는 이방인.

시신은 많이 봤어도 살아 있는 존재가 막상 눈앞에 나타나자 감회가 새로웠다.

괴물들의 공격은 단순하고 효율적이었다.

완고하게 서 있는 성벽을 전부 부수기엔 무리가 따랐으니 거대 괴수들이 선봉해 선 괴물 군단들은 100여 곳을 집중 공격하는 전략을 구사하며 성을 공략했다.

호수와 근접한 이곳에 경계 병력만 남아 있는 건 이계인들의 병력들도 전부 괴물들이 공격하는 곳으로 집중되었기 때문이다.

전투는 치열했지만 그토록 견고해 보이던 성벽에 점점 균열이 가고 있었다.

거대 괴수들이 던지는 집채만 한 바윗덩어리들이 성벽에 포탄처럼 터졌는데 그때마다 지축을 울리면서 성벽이 충격을 받았다.

이계인들의 반격은 마치 광선포를 연상시켰다.

성벽을 부수는 거대 괴수와 마이탄을 향해 이계인들은 강기를 쏘아내고 있었는데 한꺼번에 집중해서 공격했기 때문에 적중될 때마다 거대 괴수들이 비틀거리며 뒤로 물러났다.

예상이 맞았다.

이들은 무공의 고수들이 권기를 쏘아내는 것처럼 비슷한 유형의 능력을 지니고 있는 게 분명했다.


한정유는 친구들을 찾았다.

이계인들이 경이에 찬 시선으로 자신을 보고 있었지만 먼저 친구들의 안위가 더 급했다.

다행스럽게 호수 쪽에서 친구들이 달려오는 게 보였다.

친구들은 한정유가 그쪽으로 올라올 거라 예상하며 기다렸던 것 같았다.


금빛 갑옷을 입은 이계인이 다가온 것은 친구들이 한정유를 향해 날아왔을 때였다.

"히페리온을 단신으로 처단하다니… 정말 대단한 분이군요. 당신은 누구십니까?"

머릿속을 울리는 음성.

우두머리로 보이는 남자의 눈이 자신을 바라보고 있었다.

자신보다 최소 50㎝나 더 큰 남자였는데 몸의 균형이 완벽해서 모델을 연상시켰다.

심어?

고대 무렵에는 전음술이란 것이 있다는 전설이 있다.

자신의 생각을 입을 열지 않은 채 전달하는 신기라고 들었지만 한정유는 그것을 거짓말이라고 여겼다.

인간이 어떻게 입을 열지 않고 의사를 전달할 수 있단 말인가.

하지만, 직접 다가온 이계인의 질문을 받자 어이가 없어 한참 동안 대답을 하지 못했다.

분명 이계인의 입은 열리지 않았다.

더군다나 이계인들은 지구의 언어를 알 리 없으니, 이것은 심상을 의사소통 방법으로 쓴 것이 분명했다.

고등 지능을 가졌을 것이라 예상했지만 이계인들의 능력은 그의 상상을 초월했다.

괴물들을 방어하는 이계인들 중에는 홀로 거대 괴수들을 상대하는 자들도 다수였는데 그들이 쏘아내는 광선포는 다른 자들의 것보다 그 직경이 족히 열 배는 넘었다.

"우린, 지구라는 행성에서 던전을 넘어온 사람들입니다."

"당신들이… 정말 던전을 넘어왔단 말이오?"

"그렇소."

"으……."

이번 놀람은 한정유의 가공할 무력을 확인하면서 지었던 경이와 달랐다.

그는 던전을 넘어왔다는 말을 듣자 귀신을 본 것과 비슷한 표정을 지었는데 얼마나 놀랐는지 꾹 다물어졌던 입까지 벌어졌다.

"당신 표정을 보니 던전을 아는 모양이군요. 우린 던전이 생긴 원인을 알기 위해 넘어왔습니다. 지금 우리가 살던 지구는 괴물들로 인해 멸망 직전입니다."

"히페리온을 단신으로 때려잡는 능력이 있는 걸 두 눈으로 똑똑히 봤습니다. 그런데도 위험하다고요……. 나는 당신네 행성이 위험하다는 사실을 믿을 수 없습니다. 혹시 다른 목적 때문에 온 건 아닙니까?"

"히페리온이 저 거대 괴수를 말하는 건가요?"

"그렇습니다."

"지구에도 특급 스페셜 마스터라는 능력자들이 있으나 대부분 저 괴물조차 상대하기 어려웠습니다. 우리는 저 괴물을 마이탄이라 불렀는데 저 괴물이 나타날 때마다 수많은 사람들이 죽어갔죠. 만약 지구에 히페리온이 나타났다면 예전에 벌써 멸망했을 겁니다. 왜냐하면 그 정도의 능력을 지닌 사람은 나밖에 없기 때문이죠. 이곳도 전사들마다 능력의 차이가 있군요. 지구도 마찬가집니다."

"그렇다면 이해가 됩니다."

"자, 그러니 던전에 대해서 말씀해 주십시오. 우린 매우 급합니다."

"저는 던전이 있다는 건 알고 있지만 그 원인에 대해서는 자세히 알지 못합니다."

"그럼 누가 압니까?"

"혹시 최고 위원들은 알지 모르겠군요."

"그렇다면 나를 그들에게 데려다주시오."

"잠시만 기다려 주시면 최고 회의에서 전사가 올 겁니다. 거기서도 당신들의 행동을 관찰하고 있었을 테니까요."

우리를 관찰해? 이 난장판에서?

누가 알려줬다는 뜻일까, 아니면 과학 문명이 발달해서 전장을 모니터링하고 있는 것일까?

하긴 어떤 경우라도 충분히 가능성은 있다.

이런 문명을 가진 자들이 지구 문명에 뒤떨어질 리 없다는 생각이 들었다.

성루에 올라 바라본 성안의 세계는 별천지가 따로 없었다.

질서정연하게 자리 잡은 건축물들은 둘째 치고 그 규모가 밖에서 봤을 때보다 훨씬 대단했다.

우두머리의 말대로 한 무리의 이계인들이 나타난 것은 5분 정도 지났을 때였다.

경계병과 복장이 다르다.

그들 역시 금빛 갑옷을 입었지만 양쪽 어깨에 붉은 수실이 매달려 있었다.

"최고 회의 원로들께서 뵙자고 하십니다. 이방인께서는 저와 함께 가시죠."

"그럽시다."

따질 겨를이 없다.

이들이 과연 우호적인 존재들인지 아니면 적대적인 존재들인지조차 알지 못했지만 한정유는 남자의 말을 듣자 단박에 고개를 끄덕였다.

그를 따라 성루를 내려오자 3대의 원형 비행체가 기다리는 게 보였다.

비행체의 크기는 지구의 플라잉카보다 3배 정도 컸는데 탑승하는 순간 부드럽게 상공으로 직승했다.

하늘에서 바라본 성벽에는 이계인들로 가득 차 있었다.

완전한 전시 상황.

성루에서는 괴물과 치열한 접전이 펼쳐지는 중이었고 성안에는 수많은 병력들이 도열한 채 전투 준비를 하고 있었는데 성벽이 무너질 경우를 대비하고 있는 게 분명했다.

원형 비행체는 출발과 동시에 엄청난 속도로 날아갔지만 마치 아무런 움직임이 없는 것처럼 어떤 소리도 들리지 않았다.

일행의 시선이 부지런히 교환되었다.

이 정도의 문명을 가진 존재들이라면 최소 인간보다 과학 문명이 뒤떨어지지 않을 것이란 판단이 들었다.

아무도 먼저 입을 열지 않았다.

이계에 온 이후 일행들의 대화는 시간이 지날수록 줄어들었다.

긴장과 초조.

연속되어 벌어진 끔직한 광경들과 방금 전까지 죽을 고비를 넘길 정도로 위험한 상황들 모두가 그들의 입을 무겁게 만들었다.

더군다나 지금은 던전의 정체를 확인하기 위해 이계인의 지도자를 만나러 가는 길이었으니 한가롭게 예전처럼 담소를 나눌 수가 없었다.

비행체는 20여 분을 날아 거대한 규모의 건축물 상단에 내려앉았다.

지구에서는 고층 빌딩이라 불릴 정도로 높은 구조물이었는데 특징이 있다면 어디에도 창문이 없다는 것이었다.

오는 길에 본 성안의 형태는 방어선이 여러 군데에 펼쳐져 있었다.

처음 봤던 성벽들이 도심지 중심으로 들어갈 때마다 나타났는데 전부 합해 5개였다.

당연히 안으로 들어갈수록 성벽의 규모는 작아졌지만 가장 안쪽의 성벽조차 1㎞에 달했다.

비행체가 멈춘 구조물은 바로 최종 방어선 안에 들어 있었다.

비행체의 엔진이 멈추고 안내하는 이방인의 손짓에 따라 일행들이 전부 내리자 비행체가 다시 상승하더니 시야에서 사라졌다.

한정유의 이맛살이 슬쩍 찌푸려졌다.

그들이 내린 곳은 빈 공간이었는데 아무것도 없었기 때문이다.

빌딩의 옥상이라면 내려갈 수 있는 장치나 구조가 필요했지만 이곳에는 텅 빈 공간뿐이었다.

암습 또는 포위, 아니면 체포?

머릿속에 떠오르는 단어들, 이런 곳이라면 피할 길이 막막하다.

하지만, 안내한 이계인은 태연한 태도로 바닥을 걸어 구조물의 중앙으로 걸어갔다.

"여기에 서 계시면 곧 최고 회의의 원로들을 만나실 수 있을 겁니다. 저는 같이 가지 못하니 여기서 인사를 하고 물러가겠습니다."

사내가 정중하게 고개를 숙이더니 마지막 남아 있는 비행체로 걸어갔다.

한정유의 몸이 움찔했다.

안내자까지 사라져 버린다면 정말 이곳에 고립될 수 있었기 때문이다.

만약 문호량이 잡지 않았다면 안내자의 목을 향해 한정유의 무극도가 날아갔을 것이다.


"정유야, 우리가 서 있는 곳에 원이 있다."

"응?"


문호량의 손가락이 가리킨 곳으로 시선을 돌린 한정유가 뽑았던 무극도를 다시 집어넣었다.

정말 그들이 서 있는 곳을 중심으로 반경 5m의 원이 그려져 있었는데 하얀빛이 서서히 뿜어져 나오는 중이었다.

원이 가라앉기 시작한 것은 김가은이 옆으로 바짝 다가왔을 때였다.


위잉!

원형 라인이 점점 빠르게 하강하더니 어느 순간 멈추면서 거대한 홀이 나타났다.

홀의 규모는 대충 봐도 500평이 넘었는데 그 중앙의 원탁 앞에 7명의 이계인이 그들을 기다리고 있었다.

예측이 맞았다.

한쪽 벽면에 홀로그램처럼 떠 있는 영상은 치열하게 벌어지고 있는 전투 장면을 생생하게 보여주고 있었다.

아마, 그걸 통해 이들은 자신들의 출현을 알게 되었을 것이다.

7명의 이계인들은 남녀가 섞여 있었는데 나이를 추정하기 힘들었다.

인간과 다르게 주름이 전혀 없는 얼굴.

최고 회의를 구성하고 있는 지도자들이란 선입감 때문에 나이가 많을 것이라고 추측했지만 그들의 얼굴은 전혀 예상 밖이었다.

한정유 일행이 나타나자 7명의 이계인들이 천천히 다가왔다.

그들의 얼굴에 떠올라 있는 경외.

홀로그램을 통해 단신으로 히페리온을 처단하는 무력을 확인했기 때문일까?

하지만, 단순히 그런 것 같지 않다.

그들의 얼굴에 담겨 있는 건 단순한 경외가 아니라 격동마저 포함되어 있었다.

먼저 말을 걸어온 것은 중앙에 있는 여자였다.

여자였음에도 워낙 신장이 컸기 때문에 한정유보다 머리 하나는 더 컸는데 상당한 미모를 가지고 있었다.

"저는 최고 회의 의장 키카입니다. 당신들이 던전을 건너왔다는 게 사실인가요?"

"그렇습니다."

"던전은 아이리사의 숲에 있는 통곡의 벽에서 생성되는데 여기까지 오다니 믿겨지지 않는군요."

"아이리사의 숲이 어딥니까?"

"괴물들의 근거지죠. 아이리사의 숲을 통해 왔다면 엄청난 규모의 암벽을 봤을 텐데요?"

무슨 소린지 알겠다.

아이리사의 숲이란 괴물들이 득실거리는 밀림을 말하는 것이고, 통곡의 벽은 그들이 봤던 거대한 구체형의 암벽을 말하는 게 분명했다.

그랬기에 한정유는 고개를 끄덕인 후 자신의 의문점을 물었다.

"우리가 빠져나온 밀림이 아이리사의 숲이라면 분명 우리는 그곳에서 왔습니다."

"당신들의 능력은 저것을 통해 이미 확인했어요. 그래도 대단해요. 그 많은 괴물들을 뚫고 여기까지 왔다는 게 우린 믿어지지 않아요."

그녀는 자신들이 괴물들과 싸우면서 이곳까지 왔다고 생각한 것 같았다.

하지만, 사실을 말해주지 않았다.

이계인들에게 괴물들을 피해서 도주했다는 것과 괴물 군단의 뒤를 도둑고양이처럼 따라왔다는 사실을 굳이 말해줄 필요는 없었다.

"던전은 통곡의 벽에서만 생성되는 건가요?"

"우리가 알기로는 그래요. 괴물들도 그곳에서 왔거든요······."

화두를 던져 놓자 키카의 입에서 많은 정보들이 흘러나왔다.

괴물들이 이곳에 오기 시작한 것은 크메리안의 시간으로 50주기 전이란 말을 했다.

이 행성은 크메리안으로 불리었는데 시간의 단위를 주기로 표시하고 있었다.

50주기가 얼마나 오래된 시간인지 알 수 없지만 일행은 아무도 의문을 나타내지 않았다.

어차피 물어봐야 답이 없다.

지구의 시간과 이곳의 시간을 동일 잣대로 측정한다는 건 처음부터 말이 되지 않는다.

3개의 태양과 자전을 하지 않아 밤이 없는 이 세계의 시간을 이해하기 위해서는 상당한 시간이 필요할 것이다.

괴물들은 통곡의 벽에 생성된 던전을 통해 이 세계에 나타난 후 크메리안을 차례차례 멸살시켰다고 한다.

오면서 봤던 성들은 아주 작은 숫자에 불과했고 크메리안 대륙의 대부분 성들이 괴물들의 공격으로 파괴되었는데 이제 10개의 성만 남았다는 게 그녀의 설명이었다.

그들은 성을 타이탄이라 불렀다.


"괴물들은 던전을 통해 끝없이 밀려들었어요. 그리고 자체 번식을 통해 그 수가 기하급수적으로 많아졌죠. 우리는 50주기 동안 괴물들과 싸웠지만 이제 더 이상 견딜 수가 없는 상황이에요. 그런데 기적처럼 당신들이 왔군요. 신께서는 말씀하셨죠. 크메리안의 멸망을 막아줄 영웅이 곧 올 것이라는 걸."


어이가 없다.

누가 누굴 구해준단 말인가.

7명의 이계인들 얼굴에 담긴 격동이 그 말을 듣자 이해가 되었지만 막상 그녀의 눈에서 간절한 기대감을 확인하자 확 답답함이 몰려왔다.

그나저나 신이라고?

이들에게도 종교가 있는 모양이다.


"나는 영웅이 아닙니다. 우린 우리 별을 멸망에서 구하기 위해 던전이 생긴 원인을 밝히고자 이곳에 온 것뿐입니다. 우리 행성인 지구는……."


한정유는 키카와 최고 의원들에게 지구가 처한 상황을 설명해 주었다.

수많은 사람들이 죽었고 그냥 방치하면 멸망은 시간문제란 사실까지.

이런 설명을 하면 최고 의원들의 기대감이 무너질 거라 생각했다.

크메리안처럼 지구 역시 같은 상황이었으니 누가 누구에게 기댈 상황이 전혀 아니기 때문이다.

하지만, 그녀의 얼굴은 전혀 변하지 않았다.


"아이리사의 숲에는 저들 괴물을 이끄는 존재가 있어요. 신께서는 그 존재를 처단하면 괴물들을 물리칠 수 있다고 하셨죠. 우리는 봤어요. 당신이 히페리온을 단신으로 처단하는 장면을 말이에요. 신께서는 조만간 가공할 능력을 지닌 이방인이 나타나 크메리안을 구해줄 것이라 알려주셨는데 난 당신들이 그분들이라는 판단이 드는군요."

"자꾸 신을 말하는데 나는 이해할 수 없습니다. 우리 지구에도 신을 믿는 종교가 수도 없이 많지만 난 지금까지 신의 존재를 믿지 않았습니다. 신은 인간이 만들어낸 허상일 뿐이니까요."

"아무리 영웅이라 해도 신께 불경을 저지르면 안 됩니다!"

"신이 정말 있다면 당신들의 불행을 왜 그냥 두고 본단 말입니까?"


키카의 목소리가 날카롭게 변하는 걸 들으며 한정유의 목소리도 높아졌다.

동족들은 지금 이 순간도 괴물들과 싸우며 죽어가는데 신 타령이나 하고 있는 지도자들의 행동이 너무나 어리석게 느껴졌기 때문이다.

그러자 키카의 얼굴이 더욱 무섭게 굳어졌다.


"신께서는 이 모든 상황을 지금 이 순간도 관조하고 계십니다. 당신이 이곳에 온 것 역시 신의 배려이며 신의 뜻임을 명심해야 됩니다."

"나를 당신들의 신과 만나게 해주시오. 당신들의 신이 나를 이곳까지 오게 했다면 내가 만나야 되지 않겠습니까?"

"신께서는 때가 되면 모습을 드러내실 거예요."


키카는 물러서지 않았다.

그녀와 최고 의원들은 한정유의 반응에 분노를 표출했는데 철썩같이 자신들의 신을 믿고 있는 것 같았다.

휴우…….

한숨이 저절로 흘러나왔다.

지구를 구하기 위해 던전을 통과해서 그 난관을 뚫고 여기까지 왔는데 신의 존재에 대해서 따지고 있으니 한심하기 짝이 없는 노릇이다.

그랬기에 한정유는 천천히 입을 열었다.


"좋습니다. 그렇다 치고 일단 먹을 거나 주시오. 다른 건 그다음에 생각해 봅시다."

                    *              *              *

   시녀가 안내한 방은 기기묘묘한 장식으로 가득 차 있었고 매
우 안락한 곳이었다.
   더군다나 식사로 고기가 나왔는데 육질이 부드러워 입안에서
살살 녹았다.
   거기에 처음 보는 과일이 후식으로 나왔다. 과일은 감미로운
맛을 지니며 고기에 적응된 입안을 향기롭게 만들어주었다.

   오랜만에 제대로 된 음식을 먹은 일행은 잠 속으로 빠져들었
다.
   며칠 동안 괴물들을 뒤따라가느라 잠을 자지 못했기 때문에
꽤 오랫동안 일어나지 않았는데 시녀가 들어와 식사를 하라고
말해주지 않았다면 더 오래 잤을 것이다.

   일행들의 몰골은 말이 아니었다.
   특히 김도철은 상당히 큰 부상을 입은 상태라 남들이 잘 때도
운기행공을 하면서 상처를 달랬기 때문에 더욱 힘들어 보였다.
   그의 상처는 쉽게 치료할 수 없을 정도로 컸다.

   식사를 마치고 나자 최고 의원들이 찾는다는 연락이 왔다.
   당연히 만날 생각이었다.
   이 세계에 대해서 더 많은 것을 알아야 했고 던전이 발생된

원인에 대해서도 파악해야 했다.


　부상을 당한 김도철을 남겨두고 한정유는 일행과 함께 안내를 받아 처음 봤던 대회의실로 들어섰다.
　거기엔 키카를 비롯한 의원들이 그들을 기다리고 있었다.


　"충분히 쉬셨나요?"
　"덕분에 기력을 회복할 수 있었습니다. 고기가 정말 부드럽고 맛있었습니다. 그 고기는 어떤 동물의 것입니까?"
　"포에르죠. 저기 저 괴물."


　키카가 가리키는 곳을 확인한 한정유와 일행들이 동시에 입을 떡 벌렸다.
　홀로그램을 가득 채운 괴물들 중 키카가 살라멘더를 가리키고 있었기 때문이다.
　그 손짓에 김가은의 얼굴이 허옇게 변하며 헛구역질을 했다.
　인간을 찢어 죽이던 살라멘더. 여기서는 살라멘더를 포에르라 부르고 있었다.
　일행이 당황한 모습을 보이자 키카의 얼굴에서 자조 섞인 웃음이 떠올랐다.


　"우리는 오랜 기간 전쟁을 치르면서 식량난에 허덕였답니다. 그러다 포에르의 고기가 천혜의 식량이란 걸 알게 되었죠. 다른 괴물들은 먹을 수 없었지만 포에르만큼은 영양분이 가득한 최고의 식량이란 걸 알게 된 후 식량난을 해결할 수 있었어요."

"음……."

"정유 씨, 난 괜찮아요. 조금 지나면 괜찮아질 거예요."

키카의 설명을 들은 후 걱정스럽게 바라보는 한정유를 향해 김가은이 괜찮다는 시늉을 했다.

하지만, 얼굴은 여전히 창백했는데 억지로 토하고 싶은 걸 참는 것이 역력했다.

당연한 일.

살라멘더는 괴물들 중에서도 가장 흉측했고 몸에서 악취가 진동하는 최악의 괴물이었던 것이다.

"여러분을 뵙자고 한 건 남아 있던 10개의 타이탄 중 하나가 어제 결국 괴물들의 공격을 견디지 못하고 파괴되었기 때문입니다. 이제 남은 건 9개뿐. 하지만 그마저도 오래 견디지 못할 거예요. 우리 타이탄의 외곽 성벽 방어가 깨지기 일보직전이에요."

"그래서, 우리 보고 도와달라는 겁니까?"

"우리는 여전히 당신이 신께서 말씀하신 영웅이라 생각하고 있어요. 저길 보세요. 저 괴물들이 난입하면 타이탄에 있는 3백만 명이 목숨을 잃게 될 거예요. 제발, 우리를 도와주세요."

"도대체 어떻게 도와달라는 거죠?"

"아이리사 숲에 있는 미지의 존재. 괴물들의 지배자를 제거해 주세요. 그것만이 크메리안을 구할 수 있어요."

"이보세요. 우린 던전의 생성 원인을 알기 위해 왔지 이곳에서 죽기 위해 온 게 아니에요!"

　김가은이 두 눈을 부릅뜨고 키카를 노려봤다.
　괴물들의 지배자를 제거해 달라는 그녀의 요청은 죽어달라는 말과 다름이 없었다.
　절대 안 된다.
　아이리사 밀림은 괴물들의 근거지일 뿐만 아니라 직접 눈으로 본 것처럼 엄청난 숫자의 괴물들로 가득 찬 곳이었다.
　하지만 키카 역시 김가은의 눈을 마주 바라보며 시선을 피하지 않았다.


　"그럼 어쩌실 생각이죠. 당신들은 던전을 건너 이곳에 왔어요. 크메리안이 괴물들의 수중에 넘어가면 당신들은 무사할 수 있을까요. 어차피 당신들은 지구로 돌아갈 수 없잖아요."
　"한 가지 물어봅시다. 처음에는 하도 어이없는 말을 들어서 제대로 묻지 못했는데 괴물들이 던전을 통해 온 게 사실입니까?"
　"사실이에요. 괴물들은 분명히 통곡의 벽을 통해 이곳에 왔어요."
　"어디서 온 건지 알아봤습니까?"
　"우리 선조들께서 괴물들의 포위망을 뚫고 여러 번 던전에 들어갔지만 살아나온 분은 아무도 없었어요. 상당수는 되돌아오다가 죽임을 당했고 또 많은 분들은 아예 돌아오지 못했어요."

　대충 무슨 뜻인지 알겠다.

지구에서도 많은 헌터들이 던전의 정체를 밝히기 위해 들어갔지 않았던가.

그리고 그 결과에 의해 자신들이 여기까지 온 것이고.

그렇다면 크메리안의 전사들 중 상당수는 괴물들이 온 차원에서 삶을 마감했을지 모른다.


"당신은 계속 괴물들의 지배자가 있다고 하는데, 모습을 본 적이 있습니까?"

"정체는 확인하지 못했어요. 하지만 존재가 있는 것은 확실해요. 괴물들은 누군가의 지시에 의해 움직이고 있으니까요."

"그렇다면 그 지배자가 아이리사의 숲에 있다는 건 어떻게 알았죠?"

"아칸의 숫자는 정확하게 120개. 한 개마다 10만 정도의 괴물들이 들어 있는 걸로 추정되는데 유일하게 60번째, 그러니까 아칸의 정중앙에 있는 아이리사의 숲만 녹색의 광채를 띠고 있어요. 따라서, 우리는 거기에 괴물들의 지배자가 있다고 생각해요. 아… 아칸은 아이리사의 숲과 통곡의 벽을 합해서 부르는 이름이에요."

"결국 있는지도 모르는 존재를 죽이기 위해 괴물들로 가득 찬 아칸에 가라는 말이군요."

"그 지배자를 죽이지 않으면 결국 크메리안은 괴멸될 것이고 당신들이 살고 있는 지구 역시 종말을 맞이하게 될 거예요."

"왜 그렇죠?"

"지구로 가는 던전이 통곡의 벽에서 생성되기 때문입니다."

"그게 사실이오?"

"우린 오랜 세월 던전의 존재를 파악하기 위해 노력했어요. 괴물들은 1크레온이 지날 때마다 통곡의 벽 중앙에서 발생된 거대 던전을 통해 크메리안으로 왔어요. 그러다가 한 가지 이상한 점을 발견하게 되었어요. 그와 비슷한 주기에 작은 던전이 열리면서 괴물들이 사라지더군요. 우리는 그게 뭔지 지금까지 몰랐어요. 알고 싶었지만 워낙 괴물들로 가득 찬 곳이라 접근이 어려웠거든요. 그런데 당신들의 이야기를 듣고 나니까 짐작이 가네요. 아마, 그 던전이 지구로 들어가는 통로였을 거예요."

흐으.

이제 대충 아귀가 맞아떨어진다.

괴물들은 어디선가 던전을 통해 크메리안으로 왔고 또다시 새로운 던전을 발생시켜 지구로 들어왔다는 것이다.

처음 만났을 때 키카가 던전의 발생 원인을 말하지 못했던 건 그녀의 말대로 몰랐기 때문일 것이다.

참, 곤란하다.

그녀의 말이 사실이라면 지구의 멸망을 막기 위해서는 결국 아칸으로 들어가 괴물들의 지배자를 만나야 된다는 건데……

제39장
아칸

한정유 일행은 키카의 간절한 시선을 받아들이지 않았다.

특히 김가은은 절대 안 된다며 소리를 지른 후 한정유의 손을 붙잡고 서릿발 같은 모습으로 대회의장을 빠져나왔다.

괴물들의 근거지, 아칸.

그곳으로 사랑하는 사람을 보낼 수는 없었다.

어떤 이유가 있더라도 그건 절대 받아들일 수 없는 일이었다.

그들이 휴식을 취했던 방으로 돌아오자 내공으로 부상당한 곳을 치료하던 김도철이 천천히 눈을 뜨며 그들을 맞아들였다.

송골송골 맺힌 땀방울과 얼굴에 들어 있는 가벼운 홍조.

상태로 봤을 때 많이 호전된 모습이었다.

"어때?"

"한 이틀만 더 치료하면 괜찮아질 거야. 그나저나 왜 불렀어?"

"최종적으로 버티던 열 개의 타이탄 중 하나가 어제 파괴되었단다."

"그래서?"

"같은 소리야. 나보고 아칸에 가서 괴물들의 지배자를 해치워 달라는군."

"재밌는 자들이네. 지들은 못 가면서 왜 너를 시켜. 거기가 무슨 동네 시장 바닥이야!"

김도철이 말도 안 된다며 소리를 질렀다.

자신의 눈으로 보지 않았다면 화가 나지 않았을 것이다.

하지만, 그는 오자마자 개떼처럼 우글거리는 괴물들의 숲을 봤고 그런 것들이 백 개도 넘었다. 그런데 이계인들은 영웅 어쩌고 하면서 한정유를 죽음 속으로 가 달라고 요청하고 있으니 자신도 모르게 열불이 뻗쳤다.

겨우 던전을 넘어 괴물들 숲을 통과해서 여기까지 왔는데 다시 돌아가 죽으라는 게 말이 된단 말인가.

김도철의 고함에 김가은이 맞장구를 쳤다.

그녀는 자신과 똑같은 생각을 지닌 김도철의 반응을 너무나 반가워했다.

"그 외계인들은 우릴 이용하려는 게 분명해요. 우리가 온 지 얼마나 됐다고 영웅 타령을 하면서 말도 안 되는 소릴 해요. 안 그래요?"

"우릴 바보로 아는 모양이죠."


두 사람은 이야기를 나누며 계속해서 한정유의 얼굴을 살폈다.

워낙 어디로 튈지 모르는 성격이라 불쑥 이계인들의 요청을 받아들일지도 모르기 때문이었다.

그때 문호량이 슬그머니 대화에 끼어들었다.


"지금 최외곽 성벽이 위험하단다. 정유야, 어차피 우린 이곳이 뭐 하는 곳인지 정확히 살펴볼 필요가 있어. 아무래도 가보는 게 좋지 않을까?"

"그렇긴 하지."


문호량의 제안에 한정유가 금방 고개를 끄덕여 수긍을 했다.

무슨 뜻인지 단박에 눈치를 챘다.

감정에 치우쳐 있는 두 사람과 다르게 문호량의 눈은 차분하게 가라앉아 있었는데 키카와 최고 의원들 눈에 들어 있는 절박함과 현재 그들이 처한 상황이 심상치 않았기 때문이다.

문호량은 여러 가지 상황을 살핀 후 결정을 하고 싶어 하는 것 같았다.

자신처럼.


"넌 다쳤으니까 계속 치료하고 있어. 가은 씨도 여기 있어요.

우린 성벽으로 나아가 전장을 살필 거니까 위험합니다."

"싫어요. 나도 따라갈래요."

"그러지 말고 여기 있어요. 이계인들을 도와서 싸우거나 급한 상황이 생기면 가은 씨가 있는 게 우릴 위험하게 만들지도 몰라요."

"괴물들과 싸운다고요?"

"아니, 말이 그렇다는 거죠. 전장에 나가는 거니까 무슨 일이 생길지 모르잖아요. 그냥 가서 전장과 도심을 확인하고 돌아올 테니 걱정하지 마세요."

"…알았어요."


싸울지도 모른다는 말은 김가은이 따라오지 못하게 만들기 위한 거짓이었다.

그렇다고 해서 전장으로 가지 않겠다는 것도 아니었다.

도심을 지나 전투가 벌어지는 성벽까지 가볼 생각이었다.

이곳에 올 때는 원형 비행체를 타고 오느라 제대로 살피지 못했으니 가고 오면서 하나씩 확인해 볼 생각이었다.


직접 눈으로 전장의 형편을 살펴보겠다는 말을 하자 키카는 그렇게 하라며 반색을 했다.

그녀는 그들이 직접 상황을 파악하면 생각이 달라질 수 있다고 믿는 것 같았다.

원형 비행체를 내주겠다는 그녀의 제안을 거절하고 한정유와 문호향은 파이란이라 불리는 최고 회의 건물을 나와 신법을 펼쳤다.

파이란은 도시의 정중앙에 위치했는데 다른 건물과 다르게 온통 은색으로 치장되어 있다. 하지만 도시를 가득 채운 다른 건물들은 이전에 본 것과 똑같이 전부 회색이었다.

왜 이렇게 지었는지 궁금했지만 그런 걸 알아낼 필요성은 느끼지 못했다.

신법을 펼쳐 달리는 동안 이곳에도 아이들이 있고, 괴물들과 싸우는 전사들과 다르게 생업에 종사하는 사람들이 있다는 걸 확인할 수 있었다.

지능을 가진 모든 존재들의 특성은 언제나 분업화되어 자신이 맡은 일들을 한다.

3개의 내성들을 통과해서 바깥으로 빠져나갔다.

키카가 준 신분증은 공처럼 둥근 원형 물체였는데 성을 지키는 전사들은 그걸 확인하는 순간 더없이 공손한 자세로 그들을 통과시켰다.

내성을 빠져나오자 공기가 달라졌다.

전사들의 숫자가 셀 수 없이 많아졌고 외성의 성벽에는 방어를 위한 병력들이 포진한 채 긴장된 모습으로 자리를 지키고 있는 게 보였다.

최외곽 성벽이 위험하다고 하더니 그들의 모습에서 나타나는 긴장감은 폭발 직전이었다.

4번째 성을 빠져나와 마지막 5번째 성으로 향하자 괴물들의 포효 소리가 들려오기 시작했다.

한정유와 문호량은 신법을 멈추고 천천히 걸었다.

그들이 걷는 사이로 수많은 부상병들이 들것에 실려 후방으로 호송되고 있었다.

아비규환이 따로 없다.

지구의 인간들처럼 소리를 질러 떠들지는 않았지만 그들의 모습은 비장감과 슬픔으로 가득 차 보기가 안쓰러울 정도였다.

위험하다는 말은 맞았다.

성벽의 여기저기는 균열이 가 있었는데 괴물들이 집중적으로 공격하는 곳들은 금방이라도 무너질 것 같았다.

"호량아, 올라가자."

"왜?"

"놈들이 어떤 전술을 쓰는 건지 눈으로 확인해야 되잖아. 정말 뒤에 어떤 놈이 있어서 괴물들을 컨트롤하는 거라면 직접 봐야 해."

"싸우지는 마라. 어차피 우리가 나선다고 해서 바뀔 전쟁이 아니야."

"알아."

문호량의 걱정에 한정유는 시원하게 대답하고 곧장 몸을 날려 계단을 올랐다.

이계 전사들이 날아오르는 그들의 모습을 보며 놀랐으나 한정유는 곧장 성루에 올라 괴물들의 공격 형태를 관찰했다.

중앙 성루에 오르자 괴물들의 전술이 한눈에 들어왔다.

선택과 집중.

히페리온이 던지는 집채만 한 바위들이 우박처럼 날아들었고 이계 전사들은 그 틈을 이용해서 반격하고 있었는데 서쪽과 동쪽 몇 군데는 성벽이 무너져 마이탄이 선두가 된 괴물 군단과 난투가 벌어지는 중이었다.


"눈으로 보이는 곳만 5군데가 무너졌네. 쉽지 않겠는데?"

"저기와 저기도 마찬가지야. 얼마 못 견디겠어."

"거짓말은 아니었군."

"접근이 시작되면 이계 전사들이 버티지 못해. 히페리온의 공격을 막을 수 없어."

"그래도 저자는 대단한걸."


한정유의 시선이 무너진 성벽 쪽에서 싸우는 전사를 가리켰다.

그곳에는 금빛 갑옷을 입은 자가 허공을 비행하며 마이탄을 중점적으로 사살하고 있었는데 손에서 쏘아지는 광선포의 크기가 무려 1m에 달했다.


"저자가 크메리온이 자랑하는 특급 전사 로한인 모양이군."


한정유가 금빛 갑옷 사내를 바라보며 입을 열었다.

크메리온에는 7명의 로란들이 있는데 혼자서 히페리온을 맞상대할 수 있는 능력을 지녔다고 들었다.

하지만, 그의 활약은 뒤쪽에서 다가온 3마리의 히페리온에 의해 서서히 위력을 잃어갔다.

접근한 히페리온들이 붉은 화살을 줄기줄기 뿜어내며 방어하고 있는 이계 전사들을 공격하기 시작하는 순간 선두에 서서 괴물 군단을 가로막았던 로란의 신형이 급속도로 후퇴했다.

혼자서는 안 된다.

한 마리의 히페리온이라면 모를까 3마리가 한꺼번에 집중 공격을 가해오자 로란은 이리저리 회피 기동을 하느라 제대로 된 반격조차 하지 못했다.


"도와줄까?"

"그새 약속한 걸 잊은 모양이네. 어차피 저자는 죽지 않아. 그리고 위기에 빠진 건 저기뿐만이 아니야. 한번 싸움이 시작되면 여기서 날을 새야 해. 그렇다고 해서 성벽이 무너지는 걸 막을 수도 없어. 그러니까 그냥 돌아가자."

"얼마나 견딜까?"

"길어야 반나절 정도. 벌써 대기 병력들은 4성으로 후퇴하고 있잖아. 지금 전투를 벌이는 건 4성 방어선을 확보하기 위함일 거야."

"참 지독한 상황이다."

"정유야, 돌아가자. 가은 씨가 기다려."

이놈이 또 가장 아픈 곳을 찔렀다.

벌써 여기로 온 지 한참 지났다. 지구의 시간으로 따지면 족히 6시간은 지났을 것이다.

오늘 이계의 문화를 살피느라 시간을 지체했고 내성과 외성의 방어선을 파악하느라 헛된 시간을 많이 보냈기 때문이다.

*         *         *

결국 최외곽에 있던 성벽이 무너졌다는 소식이 들린 건 그 다음 날이었다.

다음 날이라고는 하지만 시간의 흐름을 알 수 없으니 자고 일어나서 들었다는 게 맞는 표현이다.

거의 2만의 병력이 5성 공성 전투에서 죽었다고 한다.

이곳 타이탄의 전체 병력 숫자는 10만, 거의 20%가 첫 전투에서 죽었다는 이야기다.

이런 전투가 계속된다면 4성은 물론이고 도시를 지키는 내성조차 뚫리는 건 시간문제일 것이다.

그렇다면 키카의 말대로 타이탄에 있는 모든 이계인들이 목숨을 잃는다.

전사들이 전부 전투에서 죽는다면 일반인들은 괴물들에게 산채로 뜯어 먹히는 결과를 맞이하게 될 테니 지옥이 따로 없다.

김가은은 5성이 뚫렸다는 소식을 접한 후부터 한정유의 곁을 떠나지 않았다.

불안한 것이 틀림없었다.

키카는 수시로 한정유를 불러 그들의 역사와 문화를 이야기해 줬고 던전을 통해 괴물들이 나타난 후의 상황에 대해 설명했다.

이계 전사들이 쏘아내는 광선포의 존재에 대해서도 숨기지 않았다.

이계인들의 상당수는 태어날 때부터 초능력을 지니고 태어나는데 개인의 능력에 따라 그 수준이 전부 다르다는 것이었다.

쉽게 말해서 크메리안인들의 일부는 선천적으로 몸속에 특별한 기운을 지녔는데 그 기운을 응축해서 쏘아내는 게 그가 본 광선포라는 설명이었다.

크메리안인들은 괴물들이 오기 전까지 행복한 삶을 살았다고 한다.

대륙은 하나의 국가에 의해 통치되었고 사회는 질서정연했으며 신의 계시 아래 하나 된 정신으로 유토피아를 이뤘다.

하지만, 그런 행복은 괴물들이 출현하면서 산산이 깨졌다.

무려 1억에 달하는 인구가 사라졌고 이제 남은 것은 불과 3천만 명뿐이었다.

그마저도 풍전등화.

괴물들의 막판 공세는 마지막까지 남은 타이탄들을 하나씩 무너뜨리고 있는 중이었다.


키카는 완강한 반응에 더 이상 괴물들의 지배자를 처치해 달라고 부탁하지 못했다.

면담이 있을 때마다 따라 들어온 김가은의 싸늘한 시선과 부딪칠 때마다 그녀는 목구멍까지 올라오는 이야기를 꺼낼 수 없었다.

그녀의 간절함 못지않게 김가은에게서 나타나는 절박함이 그만큼 컸기 때문이었다.


기어코 4성이 무너져 괴물들이 내성으로 진입한다는 소식이 들려온 날.

한정유는 친구들을 남겨 놓고 김가은과 함께 파이란을 나선 후 천천히 도심을 걸었다.

한 번도 파이란에서 나오지 않았던 김가은은 거리에서 뛰어노는 어린아이들을 한참 동안 물끄러미 바라보았다.

지구의 아이들보다 키는 컸으나 얼굴에 들어 있는 해맑음은 다르지 않았다.

웃음소리.

그리고 아이들을 바라보는 여인들의 걱정스러운 얼굴.

지금 벌어지고 있는 상황을 모른 채 행복하게 뛰어노는 아이들을 바라보며 엄마로 보이는 이계 여인들은 지친 한숨을 흘리고 있었다.

아마, 그중 몇몇의 여인들은 남편을 전장에 보낸 후 가슴 졸이며 하루하루를 보내고 있을 것이다.


한정유는 천천히 걸어 도시를 가로질러 미리 봐둔 곳으로 그녀를 데려갔다.

도시 한편에 있는 아름다운 공원.

크메리안 대륙을 대표하는 타이탄답게 성안 곳곳에는 아름다운 나무와 이름 모를 꽃들로 가득 찬 공원이 설치되어 있었는데 그 규모가 상당히 컸다.


그녀의 손을 잡고 공원을 거닐었다.

낯선 환경이었으나 그녀의 손을 잡고 공원을 거닐자 마치 이곳이 그들이 살던 대한민국처럼 여겨졌다.

한참을 걷다 한편에 마련된 의자에 앉았다.

의자는 타원형으로 설치되어 있었고 상당히 커서 5명이 앉을 정도로 컸다.

손을 놓지 않았다.

그녀의 부드러운 손은 언제나 마음에 평온을 준다.


"3개의 태양이 있는데도 덥지가 않아. 이곳 날씨는 한국의 가을과 비슷해."

"정유 씨, 저 하늘 좀 봐요. 정말 예쁘지 않아요?"


그녀가 손가락을 들어 하늘에 떠 있는 별들을 가리켰다.

별들.

지구에서 생각한 별들과 다르다.

그 크기가 얼마나 큰지 양손으로 벌려도 될 만큼 거대한 별들이었다.

대낮에도 보이는 별들은 하늘을 가득 채운 채 그림처럼 배열

되어 있었다.

"가은 씨와 이렇게 데이트하니까 정말 좋아. 나 가은 씨 한번 안아보면 안 될까?"
"키스해 주면 안게 해줄게요."

김가은이 환하게 웃으며 입술을 내밀었다.
살짝 감긴 눈. 그리고 앵두처럼 빛나는 입술.
그 입술을 훔친 한정유가 그녀의 몸을 가슴에 끌어안았다.
현명하고 또 현명하다.
지금 이 순간이 무얼 의미하는지 직감적으로 알고 있는 그녀의 현명함과 현숙함은 세상에서 제일 아름다운 것이었다.
촉촉하게 흘러내리는 눈물. 너무나 따뜻한 그녀의 눈물이 얼굴을 가득 적시고 있었다.
한정유는 입술을 떼고 그녀의 눈물을 손으로 닦아주었다.

"가은 씨, 걱정하지 마. 반드시 돌아올게."

\*            \*            \*

오지랖이 넓다고?
그렇게 생각할 수도 있겠군.
하지만 말이야. 더 기다려도 헤어날 방법이 없다면 당신은 어떻게 하겠나.

몰릴 때까지 몰리면 인간들은 결국 선택하지 않아야 될 일들을 하게 돼.

지금의 내가 그렇고.


방으로 들어서자 대화를 주고받던 문호량과 김도철의 시선이 다가왔다.

이곳에 온 후 웃어보지 못했다.

지독해져 가는 상황과 자신들의 처지를 생각한다면 웃는 것 자체가 말이 안 된다.

그렇기 때문인지 두 사람의 표정은 잔뜩 굳어져 있었는데, 그 얼굴은 김가은의 모습을 확인 한 후 더욱 굳어졌다.

먼저 입을 연 것은 김도철이었다.


"…오래간다 했어. 결국 결정했구나."


자신의 생각을 말하지 않았어도 느끼고 있었겠지.

그 역시 최근의 분위기가 어떤지 충분히 알고 있었을 테니까.

더군다나 놈은 입으로 대충 떠드는 것과 다르게 무척 신중하고 머리도 좋다.


"어쩔 수 없잖아. 가지 않는다고 해서 상황이 바뀔 리 없고."

"나는 가봤자 짐만 될 테지. 호량이와 같이 갈 생각이냐?"

"아니, 나만."

한정유의 대답에 방 안의 분위기가 싸늘하게 가라앉았다.

특히 문호량의 표정은 단박에 바뀌었는데, 전혀 예상치 못했던 대답이 흘러나왔기 때문이었다.

"이 자식아, 나도 같이 간다고 했잖아!"

"같이 갈 필요 없어."

"왜?"

"싸우러 가는 게 아니니까."

"무슨 소리야?"

"키카의 말이 맞는지 확인해 볼 생각이다. 정말 괴물들의 지배자가 있는 건지, 아니면 다른 뭔가가 있는 건지 확인만 하고 돌아올 거야."

"그런 핑계에 내가 넘어갈 것 같아?"

"대충 넘어가 주면 안 되겠냐……. 예전에는 잘 넘어가 주더니 왜 이리 깐깐해졌어?"

"정유야, 혼자 가면 심심해. 같이 가."

"꼭 날 슬프게 만들 생각이냐?"

"내 소원이, 나로 인해 네가 슬퍼하는 거다."

"미친놈."

"나는 네가 갑자기 세상을 등지는 바람에 지옥 같은 슬픔을 맛봤어. 그러니까 이번엔 네가 할 차례야. 세상은 언제나 공평해야 되는 거다. 마지막이 어떻게 끝날지 모르지만 나는… 네가 해주는 배웅을 보고 싶다."

*         *         *

푸른 상공 아래 깔려 있는 지옥.

외성에 집중된 이계 전사들의 모습, 그리고 성 밖에 가득 차 있는 괴물 군단.

죽고 죽이는 전쟁.

외성은 5일간의 공격으로 이미 처참할 정도로 파괴되고 있었는데, 뚫리는 건 시간문제였다.


키카는 한정유의 말을 듣고 감격의 눈물을 흘렸다.

그건 최고 의원들도 마찬가지였는데, 그들은 한정유의 결정을 들은 후 격동을 감추지 못했다.

웃긴다.

그 옛날 동화책에 나오는 전설처럼, 불명의 용사가 세상을 파괴하는 용을 때려잡기 위해 떠나는 것처럼 그들은 그렇게 한정유를 배웅했다.


원형 비행체를 타고 창공을 날아갔다.

워낙 먼 길이었으니, 원형 비행체를 이용했음에도 꽤 오랜 시간이 걸렸다.

그들이 내려왔던 비탈면이 나타났고 곧이어 끝없이 펼쳐진 초원이 모습을 드러냈다.

이 초원이 끝나는 곳에 괴물들의 본거지인 아칸이 있다.

"영웅 전사님, 이곳에서 더 갈수 없습니다."

"무슨 소립니까?"

"더 접근하면 격추됩니다. 아칸에 접근했던 수많은 프리샤가 놈들의 공격에 격추되었습니다."

원형 비행체, 프리샤라 불리는 비행체를 운용하던 이계 전사가 긴장된 시선으로 대답하자 한정유가 가볍게 한숨을 몰아쉬었다.

격추를 당해? 이렇게 높이 날고 있는데도?

아직도 이해할 수 없는 것투성이다.

괴물들이 무엇으로 창공을 날아다니는 프리샤를 격추시킬 수 있단 말인가.

지금까지 봐온 괴물들은 장거리 공격이 불가능했는데, 이계 전사의 표정은 절대 그렇지 않다는 걸 강조하고 있었다.

"저기 초원에서 내립시다."

문호량과 눈을 맞춘 한정유가 초원 한복판을 가리키자 이계 전사의 행동이 빨라졌다.

그는 최대한 빨리 한정유 일행을 떨어뜨린 후 돌아가고 싶었던 것 같았다.

프리샤가 초원에 가깝게 접근하자 한정유와 문호량은 문을 열고 그대로 초원을 향해 몸을 날렸다.

지상 50m 가까운 높이였으나 그들에겐 전혀 위협이 되지 않왔다.

초원에 착지한 한정유와 문호량은 프리샤가 떠나는 걸 확인한 후, 아칸을 향해 눈을 돌렸다.

어마어마한 규모의 아칸이 줄지어 늘어선 모습은 여전히 질릴 정도였으나, 한정유는 가볍게 청아한 바람을 들이킨 후 초원을 바라보았다.

아름답다.

끝없이 펼쳐져 있는 초원은 마치 그림 같았고, 그 끝에 서 있는 아칸은 신이 빚어낸 피조물처럼 웅장했다.

특이한 것은 정말 길게 늘어선 아칸의 중심에서 은은한 녹색 광채가 뿜어져 나오고 있다는 것이었다.

키카가 말한 대로 중앙에 위치한 아칸이었다.

"정말 다른 아칸과 다르게 빛이 뿜어져 나오네. 재수 없게."

"영롱하구만. 마치 보석을 보는 것 같아."

"아직 시적 감성은 남아 있구나. 역시 호량이야."

"그게 내 특기 아니겠어? 여자들은 이런 내 감성에 정신을 못 차려. 이건 배운다고 되는 게 아니야, 타고난 거지."

"크크크……. 좋단다……."

한정유가 유쾌하게 웃으며 녹색 아칸에 시선을 던지고 있는 문호량을 바라봤다.

바보 같은 놈.

굳이 죽을 자리를 따라오겠다는 건 또 뭐야.

멋지게 죽고 싶은 건 아니겠고… 결국 나와 함께 죽겠다는 거 겠지?

또 같은 슬픔을 겪고 싶지 않았을 테니까.

그래, 그래서 같이 왔다.

나 역시 너와 함께 마지막을 같이하고 싶었어.


*        *        *


괴물들은 보이지 않았다.

그럼에도 아칸에 가까이 다가갈수록 칙칙하게 뿜어져 나오는 역겨운 기운이 온몸을 사로잡았다.


두렵지 않다.

저곳에 어떤 존재가 있을지 모르나 모든 것을 두고 왔으니 미련도 없고 후회도 없다.

단 하나.

김가은의 슬픔이 가슴에 남았을 뿐이다.

하지만, 그 역시 죽음이 갈라놓는 이별이라면 어쩔 수 없는 것 아닌가.

자신은 이미 사랑했던 사람들과 잔인한 이별을 수없이 해본 경험이 있었다.

인연을 하찮게 여긴다는 게 아니다.

운명이란 그런 것.

하고 싶지 않다고 해서 운명을 거스른다면, 그 역시 또 다른 잔인한 결과를 만들어 낼 것이다.


녹색 아칸에 다가선 한정유와 문호량은 서로의 눈을 바라보며 시선을 교환했다.

이미, 다른 아칸들에서 괴물들이 개미 떼처럼 쏟아져 나오고 있었다.

온갖 종류가 포함되었다.

그들이 지금까지 겪었던 괴물들이 전부 튀어나왔는데, 거대 괴수인 히페리온의 숫자도 셀 수 없을 정도였다.


"들어갈까?"

"당연한 걸 왜 물어. 여기 온 게 저길 들어가려고 온 거잖아. 하아, 저 괴물들. 꼭 맛있는 먹잇감을 본 것처럼 달려드네."

"그럼 가자."


괴물들의 접근이 코앞으로 다가온 순간 두 사람이 폭발적으로 신형을 날렸다.

한정유도 빠르지만 문호량도 그에 못지않았다.

그 옛날 무림을 종횡했던 절대 강자들이었으니, 두 사람의 신형은 괴물들의 접근을 순식간에 뒤로한 채 녹색 아칸의 입구를 통과했다.

같을 것이라 생각했다.

녹색 아칸에도 괴물들이 득실대면서 그들을 공격해 올 것이라 생각했다.

그러나, 녹색 아칸은 고요함 속에서 무거운 적막에 사로잡혀 있었다.

이상한 것은 개미 떼같이 달려들던 괴물들이 녹색 아칸에 진입한 순간, 더 이상 접근하지 못한다는 것이었다.

괴물들은 아예 녹색 아칸의 입구조차 건너오지 못했는데 뒷걸음치면서 물러나는 것이 무언가를 무척이나 두려워하는 것으로 보였다.

"한 번도 예상이 맞은 적 없어, 이놈의 세계는."

물러나는 괴물들을 바라보던 한정유가 시선을 돌려 녹색으로 빛나는 아칸을 향해 중얼거렸다.

고수의 느낌.

지천에 달한 그의 감각이 적막에 사로잡혀 있는 녹색 아칸을 보면서 끝없는 경고음을 보내오고 있었다.

오히려 이런 적막함이 더 기분 나쁘다.

예상대로 괴물들이 득실거렸다면 녹색의 원천을 찾아 내달렸을 텐데, 밀림은 마치 야수의 아가리처럼 그들을 기다리고 있었다.

"호랑아, 느껴져?"

"칙칙한 기운, 그리고 압도적인 힘. 저기 밀림 안에 들어 있는 건 괴물들과 다른 존재들이란 생각이 들어."

"그래도 가야겠지?"

"왜 이래. 돌아갈 생각도 없으면서. 설마, 너 아직도 나를 살리고 싶은 거냐?"

"그럴 리가."

한정유가 쓴웃음을 베어 물며 밀림 안으로 걸음을 옮겨 나갔다.

왜 아니겠나.

자신조차 감당이 어려울 만큼 대단한 존재들이 밀림 안에 있다는 걸 느낀 순간, 문호량의 안위가 걱정되었다.

그럼에도 입에서 나온 말은 달랐다.

신법을 펼치지 않았다.

신법을 펼치다가 위험한 존재의 습격을 받으면 위험은 더욱 가중될 수밖에 없다.

그랬기에 천천히 밀림을 헤치며 앞으로 나아갔다.

물이 없는 밀림.

마치 사막 가운데 서 있는 오아시스의 황량한 나무들처럼 그렇게 비틀려진 모습들.

위에서 바라본 것과 전혀 다른 형태의 나무들이 서로 얽혀 시체처럼 늘어서 있었다.

위는 빽빽한 나뭇잎으로 덮여 있었지만 막상 밑의 땅은 푸석거렸고, 줄기는 황량할 뿐이었다.

콰앙!

미지의 존재로부터 공격이 시작된 것은 그들이 밀림의 중간 정도 들어섰을 때였다.

단 한 번의 공격으로 직경 30m의 아름드리나무들이 통째로 뜯겨 나갔다.

전면에서 진노란색 광채가 날아오는 순간, 한정유는 위험을 감지하고 창공을 향해 신형을 띄웠는데 거대한 압력에 온몸이 휘청거렸다.

공격자를 확인하기 위해 현천보를 운용하며 광채가 날아온 곳으로 신형을 날렸다.

먼저 적의 존재를 확인할 필요가 있었다.

슬쩍 뒤를 돌아보자 폭발 기운에 의해 바닥에 쓰러졌던 문호량이 솟구쳐 올라오는 게 보였다.

다행히 치명상을 입지 않은 것 같았다.

한정유는 나뭇가지를 발판 삼아 무서운 속도로 전진하며 무극도를 빼어 들었다.

어떤 놈인지 모르지만 공격을 받았으니 받은 만큼 돌려줘야 한다.

무극도를 빼어 들자마자 전면을 향해 도강을 뿜어냈다.

빛무리의 향연.

줄기줄기 뿜어져 나간 도강에 의해 전면에 서 있던 나무들이 무너져 내렸다.

미지의 존재가 터뜨린 공격이 파괴적이었다면, 한정유가 시전한 공격은 정교한 예술품이었다.

도강이 시전되었음에도, 어떤 파괴음조차 들리지 않았다.

다만, 결과가 알려준다.

그의 공격이 얼마나 무섭고 대단한지를.


도강이 뿜어지는 순간 45도 각도의 모든 나무들이 쓰러지며 하늘 한쪽이 휑하게 비었다.

미지의 존재들이 모습을 드러낸 것은 연이어 나무들이 공간을 채우며 쓰러졌을 때였다.

붉은 갑옷을 입은 자들.

인간의 모습과 전혀 다르다.

그렇다고 동물의 모습이라 보기 어려웠는데, 팔과, 다리는 인간과 유사했다.

문제는 그들의 모습이 유형이 아니라 무형에 가깝다는 것이었다.

갑옷 외부로 노출된 신형은 신기루처럼 넘실거렸고, 모두 이상한 단창을 지녔다.


나타난 자들의 숫자는 불과 30명.

그럼에도 그들이 나타나자 숨이 콱 막힐 정도로 거대한 압력이 밀려왔다.

지천의 경지에 오른 그를 압박할 정도라면 미지의 존재들은 과연 어느 정도의 능력을 지닌 것이란 말인가.

"호량아, 다가오지 마!"

고함을 질러 날아오는 문호량을 제지했다.

이 자들의 능력은 문호량이 상대할 정도가 아니었기 때문이었다.

하지만, 그 고집을 누가 말린단 말인가.

제지를 했어도 문호량은 어느새 다가와 그의 옆에 섰다.

"유령이야, 뭐야? 저 새끼들, 생긴 게 뭐 저래?"

"오지 말라니까!"

"그럼 나는 뭐 하라고. 너 싸우는데 구경만 해?"

"말은 더럽게 안 들어. 저것들, 우리가 상상한 수준이 아니야."

"안다."

"이번에는 내 말대로 해. 내가 버텨볼 테니까, 너는 뒤쪽에 물러나 있어."

"싫다니까."

"이 새끼야. 저놈들 우두머리는 보고 죽어야 될 거 아냐. 뭐든 결과는 보고 끝을 봐야지. 이러다 죽으면 궁금해서 저승에 가더라도 화병에 걸려."

"그건 공감이 되네."

"그러니 뒤로 물러나. 얼마나 대단한 놈들인지, 내가 먼저 확인해 볼 테니까."

"좋아, 하지만 네가 먼저 죽지는 마. 위험하면 나도 싸운다. 어차피 같이 죽으려고 온 거니까 그땐 말려도 소용없어!"


반월형으로 늘어선 미지의 존재들.

한정유는 그 존재들을 바라보며 무극도를 치켜세운 채 천천히 다가갔다.

뭔가를 지키려는 진형.


수많은 싸움을 해 봤으니 단박에 눈치챌 수 있었다.

그들은 한정유가 어딘가로 향하는 걸 막기 위해 진로를 차단하고 있었다.

입을 열었다.

만약 그들이 고등 지능을 가진 존재들이라면 자신의 질문에 대답해 줄 수 있을 거란 기대를 하면서.


"너희들은 누구냐?"

"아무것도 묻지 말라. 성지에 왔으니 너에게는 오직 죽음뿐이다."

"이봐, 서로 죽이기 위해 싸우는 건 좋아. 그래도 싸워야 할 이유와 정체에 대해서는 알아야 할 거 아냐?"

"미천한 것. 소멸은 자연의 현상일 뿐 그 이상도 이하도 아니지. 너희들의 소멸은 이미 정해져 있는 운명이다. 그러니 더 이상 알려 하지 마라."

"그 새끼, 튀어나오는 말마다 재수 더럽게 없네. 그렇단 말이지. 그렇다면 내가 너희들한테 그 소멸이 뭔지 보여줄게. 보아하니 누군가를 지키려는 것 같은데, 대화는 그놈과 해야겠군."

심어.

미지의 존재들 역시 심어를 구사했다.

그것의 의미는 그들 역시 크메리안인들에 못지않은 지능을 가지고 있다는 뜻이다.

하지만, 그들에게서 나타나는 적의는 새파랗게 벼려진 칼처럼 한정유를 압박하고 있었다.

완벽한 적의다.

무엇 때문에 이런 적의를 나타내는지 알 수 없으나, 그들은 반드시 자신을 죽이려 하고 있었다.

더군다나 그들의 능력은 크메리안인과 비교조차 할 수 없을 정도로 대단했다.

한정유는 더 이상 대화를 생략하고 무극도를 진격세로 내민 후 정면으로 돌진했다.

그러자 미지인들의 신형이 사라지며 대신 천지가 개벽하는 폭음이 터져 나왔다.

이런 건 처음 본다.

한 번 공격이 다가올 때마다 직경 30m가 완전히 폭파될 정도의 위력을 지녔는데, 그런 공격이 한정유의 흩날리는 신형을 향해 계속 퍼부어졌다.

이를 악물며 허공을 비행했다.
이미 적들의 신형은 사라진 상태.
그저 공간을 이격한 채 터져 나오는 광채만 보일 뿐이었으니
반격조차 여의치 않았다.

광선이 터질 때마다 현천보를 극으로 펼쳐 앞으로 전진했다.
어차피 적들의 목적은 자신의 진로를 방해하는 것일 테니, 앞
으로 전진하면 언젠가 모습을 드러낼 수밖에 없다는 판단이었
다.

사방을 향해 뿜어지던 도강의 물결과 날아온 광선이 충돌하
는 순간마다 무서운 진동이 생성되었다.
그리고 그 진동은 거대한 파동이 되어 녹색 아칸의 밀림들을
쑥대밭으로 만들었다.
한정유가 앞으로 나갈 때마다 거대한 길이 생겨났다.
미지인들과의 충돌로 인해 밀림들이 폭파되어 날아갔기 때문
인데, 마치 새로 생긴 고속도로를 보는 것과 같았다.

전진 속도는 느릴 수밖에 없었다.
잠시도 쉴 틈을 주지 않는 공격이 사방에서 몰려왔고 그 위력
이 경천동지할 정도였기에 한정유는 지닌 내공을 모두 뿜어내며
앞으로 조금씩 전진해 나갔다.

오랜 시간을 싸우며 앞으로 나아갔다.

상황이 변하기 시작한 것은 녹색 광채의 진원지로 보이는 거대한 구체가 모습을 드러냈을 때였다.

한눈에 보지 못할 정도로 거대한 아칸 전체를 비추는 광휘.

그 광휘는 직경 100m에 달하는 구체에서 발생되고 있었다.

사라졌던 미지인들의 모습이 하나씩 드러나기 시작한 것은 한정유가 거대한 녹색 구체와 1㎞ 정도 떨어진 곳까지 접근했을 때였다.

"M1에 너 같은 개체가 있다니, 정말 놀랍구나. 하지만, 이젠 그만 죽어!"

어떤 놈이 말하는지 모르겠다.

심어라는 건 다 좋은데 상대가 다수일 때 누가 말하는 것인지 알 수 없는 불편함이 있다.

미지인들은 모습을 드러낸 후 본격적인 공격을 가해왔다.

모습을 드러냈을 뿐, 워낙 비행을 하면서 빠르게 움직였기 때문에 형체의 분간이 쉽지 않았다.

하지만, 그것은 한정유도 마찬가지였다.

도강으로 온몸을 보호한 한정유는 미지인들의 공격에 대항해서 지천을 확보한 후, 한 번도 꺼내지 않았던 자신의 비기 섬전십삼뢰의 마지막 초식 천붕을 꺼내들었다.

그가 무극도를 허공에 뿌리는 순간 금룡들이 생성되어 공간을 가로질렀다.

분노로 가득찬 용들은 미지인들의 공격을 뚫고 창공을 비상하며 울부짖었다.

그토록 막강했던 미지인들의 백색광채가 빛살처럼 움직이는 금룡의 난무에 틀어지고 튕겨지며 무력화되기 시작했다.

금룡은 백색 광채만 튕겨낸 게 아니라 그 근원을 찾아 확장되었는데, 마치 번개가 치듯 줄기줄기 창공 속에서 움직이는 미지인들을 향해 날아갔다.

미지인들의 신형이 금룡을 피해 천지 사방으로 흩어졌지만 전부 무사한 건 아니었다.

모습을 드러냈던 10여 명 중 셋이 금룡에 격추되어 추락하는 것이 보였다.

싸움의 결과는 명확했다.

천붕을 시전해서 셋을 죽였으니, 결코 작은 성과는 아니다.

하지만, 한정유가 입은 타격도 작지 않았다.

모든 진기를 뿜어내어 무리하게 천붕을 시전했고, 미지인들이 한꺼번에 쏟아낸 강기와 격돌하면서 기혈이 헝클어지는 부상을 당했다.

입가를 통해 흐르는 선혈.

작지 않은 내상을 입었다는 뜻이다.

그럼에도 한정유는 다시 한번 천붕을 펼치며 앞으로 튀어나갔다.

자신의 능력으로 이들을 전부 무찌른다는 건 결코 쉽지 않을 거란 판단이 들었기 때문이었다.

분산, 그리고 각개격파.

그렇다 해도 쉽지는 않겠지만 반드시 이긴다.

확인할 것이다.

지구와 크메리안을 멸망 지경에 빠트린 존재의 정체와 그 이유에 대해서 확인하지 못한다면 이곳까지 온 보람이 없다.


미지인들이 다시 앞을 가로막았으나 한정유의 전진을 가로막지 못했다.

다시 한번 격돌을 통해 3명이 추락했고 한정유의 입에서는 더욱 진한 피가 흘러나왔으나 그는 압도적인 힘으로 밀어붙였다.


허공을 자유자재로 날아다니는 미지인들은 천붕에 부딪칠 때마다 뒤로 물러설 수밖에 없었다.

내상을 입었다 해서 그가 시전한 금룡의 위력이 줄어든 것은 아니었기 때문이었다.

전진할 때마다 추락하는 미지인들이 늘어났다.

미지인들은 추락한 후 다시는 공중으로 올라오지 못했다.

당연한 일이다.

천붕에 격중되었다는 것은 무극의 기운이 적의 내부를 완전하게 파괴한다는 걸 의미하는 것이다.

이제 남은 것은 10명.

녹색 구체와의 거리도 이제 200m 앞까지 근접되었다.

평소 같으면 눈 깜짝할 사이에 이동할 거리였으나, 남아 있는 미지인들과의 전투를 감안한다면 얼마나 더 걸릴지 알 수가 없다.

미지인들이 나타난 후 지금까지 지구 시간으로 족히 2시간은 싸운 것 같다.

더군다나 부상이 점점 심해지고 있었기 때문에 녹색 구체까지 가기 위해서는 훨씬 더 많은 시간이 필요할지 모른다.

그래도 간다.

나를, 그리고 내 친구들과 김가은을, 그리고 지구에 남아 있는 수많은 사람들을 소멸시키려는 자를 두 눈으로 똑똑히 확인할 것이다.

쏴아악……. 콰앙, 콰앙, 콰앙!

거침없이 내리 꽂히는 백색 강기에 대항하며 금룡들이 다시 날아올랐고 수많은 충돌이 공간 전체에서 일어났다.

이미 그가 지나온 곳과 지금 전투가 벌어지고 있는 밀림은 초토화 그 자체로 변해 있었다.

섬전십삼뢰의 최후 비기를 펼치고도 단박에 격살할 수 없는 존재들과의 싸움.

그 옛날 무림에서 천하대전을 펼칠 때 지천에 올라 있던 숙적들과의 싸움도 이렇게 힘들고 괴롭지는 않았다.

더군다나 지금 그의 무력은 그때보다 더 진일보했고 천붕은 마지막 단계인 멸까지 진행된 상태였다.

물론 아직 멸을 쓰지는 않았다.

지금까지 미지인과의 전투에서 쓴 것들은 천붕의 3개 진리 중 두 개인 공과 참뿐이었다.


비록 부상을 입어 상태가 점점 나빠지고 있었으나, 마지막을 꺼내기엔 녹색 구체에 있을 미지인의 우두머리가 꺼림직했다.

무인은 이것이 끝이 아니라면 언제나 하나를 감춰놓아야 한다.


공전절후라는 표현은 이런 게 아닐까.

한정유와 미지인들이 벌이는 마지막 결투는 신들의 대결이나 다름없었다.

아칸의 밀림 상단에서 창공을 날아다니는 그들의 신형은 그 속도가 너무 빨라 눈으로 확인이 되지 않을 정도였다.

더군다나 금룡과 광채들이 움직일 때마다 아칸의 밀림들은 막대한 범위가 무너져 내리고 있었다.


위기가 찾아온 것은 2명의 미지인을 처리했을 때 발생했다.

언제까지 이렇게 싸울 수 없다는 판단으로 무리를 2명을 격살하는 순간 우측에서 날아온 광채의 폭발 범위를 벗어나지 못했던 것이다.

온몸을 무극진기와 도강으로 감쌌으나 광채의 위력은 상상을 초월했다.

잠시 정신을 차리지 못하는 사이 비상하던 몸이 밀림으로 추락했다.

그때를 이용해서 3명의 미지인이 창공에서 따라 내려오며 광채를 뿜어냈다.

그의 목숨을 거둘 수 있는 기회라 생각했던 게 분명했다.

급히 정신을 수습하고 균형을 잡는 사이 아래쪽에서 밀림을 밟고 날아오르는 게 보였다.

그 정체를 확인한 순간 자신도 모르게 고함을 터뜨렸다.

"안 돼, 이 새끼야!"

막으려고 했으나 이미 소용이 없었다.

자신을 스쳐 지나가는 문호량의 얼굴에서 떠올라 있는 비장함은 너무나 익숙한 것이었다.

콰앙!

떨어지던 몸을 뒤집어 나무를 밟고 곧장 솟구쳐 올라갔으나 이미 문호량의 몸은 자신이 올라가는 속도보다 훨씬 빠르게 떨어지고 있었다.

그 뒤를 미지인들이 광채를 뿜어내며 따라왔다.

문호량의 몸을 낚아챈 후 전투가 벌어진 후 처음으로 밀림 아래를 향해 천근추 수법을 펼쳤다.

그런 후 공격 범위를 벗어나기 위해 극으로 현천보를 이용해서 반대 방향으로 이동했다.

등 뒤에서 터지는 폭발음, 그리고 엄청난 후폭풍.

한정유는 뒤를 돌아보지 않고 이동하며 문호량의 상태를 살폈다.

바보 같은 놈아, 절대 오지 말라고 했잖아!

숨결이 불규칙하다.

얼마나 커다란 타격을 입었는지 알 수가 없으나 놈의 얼굴은 백지장처럼 창백하게 변해 있었다.

이 개새끼들이…….

계속 추적해 오는 미지인들의 위치를 가늠한 한정유가 이동을 멈추고 문호량을 나무 밑에 내려놓은 후 반대 방향으로 솟구쳐 올라갔다.

그러고는 곧장 천붕의 참을 펼쳤다.

추격자에 대한 기습.

그것도 전력을 다한 반격이었으니 그 위력은 공간을 산산이 부숴 버릴 정도로 강력했다.

뒤늦게 밀림을 뚫고 올라온 한정유의 공격에 2명이 소멸되었다.

이제 남은 것은 6명.

"헉… 헉……."

지천에 오른 이후 내공의 부족함을 느껴본 적이 없다.

지천의 경지란 끝없이 확장된 상단전으로 인해 내공 생성이 무한대로 늘어나기 때문이었다.

하지만, 무극의 기운을 한꺼번에 운용하는 천붕을 쉴 새 없이 펼치자 내공의 흐름이 끊기기 시작했다.

미지인들의 거대한 압력에 맞서면서 주요 혈도들이 손상되었고, 내상마저 입었으니 당연한 현상이다.

시간이 있다면 잠시 운기조식을 통해 원래대로 몸 상태를 회복할 수 있었으나, 한정유가 다시 창공으로 솟구쳐 오르자 나머지 미지인들의 공격이 재개되어 그럴 여유가 없었다.

입안에서 새어 나오는 핏물이 점점 진해지고 많아졌다.

회복을 하지 않은 상태에서 극강의 초식을 계속 펼치면서 점점 내상이 심해지고 있다는 증거다.

그러나, 여기서 멈출 수는 없다.

끝까지 가본다고 했잖아.

비록 문호량의 상태가 걱정되었으나, 여기서 그냥 돌아갈 생각은 추호도 없다.

돌아갈 곳이 없는 삶.

어차피 내 인생은 누군가에 의해 헝클어졌고 파괴되어, 돌아간다 해도 절대 행복하지 않을 것이다.

마지막까지 쓰지 않으려 했으나 이젠 더 이상 견딜 수가 없다. 당장 자신을 찢어죽일 것처럼 다가오는 미지인들의 공격에서 살아남기 위해서는 단박에 모든 것을 파괴해야 한다.

6명의 미지인들이 자신을 중심으로 백색 광채를 뿜어내는 순간 한정유는 눈을 슬쩍 감았다가 뜨면서 무극도를 전면으로 뻗었다.

가라, 내 영혼의 슬픔이여.

무극도가 공간을 점유하며 찌르자 금룡들이 다시 모습을 드러냈다.

그러나, 금룡들은 이전에 나타났던 것보다 훨씬 작았다. 대신 그 숫자가 끝없이 생성되었는데, 온 공간을 채울 정도였다.

나타난 금룡들은 서로 엉키고 풀어졌다가 다시 합체하면서 거대한 금룡으로 탈바꿈되었다.

수없이 생성되었던 금룡들의 합체로 탄생된 거대한 금룡은 미지인들의 백색 광채를 향해 그대로 부딪쳤다.

포효.

"캬오오… 캬오……."

거대한 금룡에게서 쏟아져 나오는 울음소리.

포효와 함께 금룡이 백색광채와 충돌하는 순간 아칸 전체가 광휘에 휩싸였다.

지금까지 전투를 벌이면서 생성되었던 폭발음은 전혀 없었다.

오직 창공에서 생성된 것은 온 아칸을 빛내고 있던 녹색 광채를 완벽하게 소멸시키는 금빛 광선뿐이었다.

제40장

# 신을 만나다

황폐하게 변해 버린 밀림.

섬전십삼뢰의 마지막 초식, 그중에서도 극을 상징하는 멸의 위력은 남아 있던 미지인들은 물론이고 전면을 가득 채웠던 밀림을 완벽하게 쓸어버렸다.

밀림이 사라진 자리에는 아무것도 남지 않았다.

폭풍이 지나갔다고 표현하기에도 부족한 실정.

그야말로 멸은 세상 전체를 지워 버릴 것처럼 눈앞을 가로막 았던 모든 것을 분쇄해 버렸다.

눈앞으로 휑하게 나타난 녹색 구체의 모습.

밀림이 사라진 자리에 나타난 녹색 구체의 영롱한 모습은 신비로웠고 아름다웠으나, 그 속에 무엇이 있는지는 보이지 않았다.

잠시 녹색 구체를 바라보던 한정유는 급히 무극도를 갈무리하고 뒤쪽으로 날아갔다.

문호량의 상태가 너무나 걱정되었기 때문이었다.


그가 눕혀 놓았던 상태 그대로.

문호량은 여전히 백지장처럼 하얗게 질린 얼굴을 한 채 정신을 차리지 못하고 있었다.

한정유는 급히 그의 맥박을 짚고 상태를 확인했다.

맥이 뛰지 않는다.

호흡은 미약하게 남아 있으나 무극진기를 통해 확인한 문호량의 혈맥은 가닥가닥 끊어져 있었다.

당연하다.

자신조차 감당하기 버거웠던 미지인들의 공격을 한꺼번에 받아들였으니 즉사를 면한 것만도 기적이다.


한정유는 문호량의 몸에 무극진기를 흘려내며 혈맥을 잇기 위해 최선을 다했다.

비록 장기간의 전투로 인해 자신 역시 만신창이가 된 상태였지만, 어떻게 해서라도 문호량을 살리고 싶었다.

그러나 그가 흘려보낸 진기는 빈 공간을 지나는 것처럼 허무하게 되돌아올 뿐이었다.

문호량의 단전이 완전히 파괴되었고, 거대한 압력에 내장이 전부 훼손된 상태였기 때문이었다.


"호량아, 눈을 떠봐, 이 새끼야!"


미약했던 숨결이 점점 꺼져가는 것을 느끼며 한정유가 고래고래 소리를 질렀다.

조절하며 혈맥을 다독이던 진기를 더욱 끌어 올렸다.

이대로 보낼 수는 없다.

언제나 함께했던 친구. 그 친구와 마지막 이별조차 하지 못하고 떠나보내기는 싫었다.

다행스럽게 미약해지던 숨결이 다시 돌아오는 게 느껴졌다.

하얗게 질렸던 얼굴에 홍조가 돌아왔고 죽은 것처럼 감겨져 있던 눈이 서서히 떠졌다.

그 모습을 보면서 한정유의 눈이 시뻘겋게 충혈되었다.


이런 현상.

너무나 잘 알고 있다.

호흡이 끊기기 전, 꺼져가는 생명의 불꽃을 마지막으로 태우는 현상.

무림에서는 이것을 회광반조라 부른다.


"우리… 정유. 안 죽었네."

"호량아, 호량아!"

"밀림이 사라져서 하늘이 고스란히 보이는구나. 참 맑은 하늘

이야. 우리가 살던 세상과는 다르지만 이곳도 꽤나 멋있어."

"이 새끼야, 그만 주절거리고 내공을 끌어 올려 봐. 내가 도와줄게."

"넌 그게 문제야. 잘 알면서 매번 엉뚱한 소릴 하잖아. 훅, 훅……. 이럴 때는 멋있게 보내줄 생각이나 해."

"미친놈아. 네가 가긴 어딜 가!"

"커억……."


한정유가 소릴 치자 문호량이 목구멍을 타고 올라온 핏물을 분수처럼 뿜어냈다.

그 핏물에 담겨 있는 파편들은 내장의 조각들이었다.


"호량아, 호량아!"

"정유야……. 만나서 반가웠다. 눈물 나도록 반가웠어. 난 이제 가야 할 것 같다."

"호량아, 이 새끼야!"

"후욱… 훅… 훅. 정유야……. 우리 다시 만날 수 있을까?"

"그럼, 당연하지. 당연하지……."


문호량의 손이 힘들게 움직였다.

그리고 애써 한정유의 손을 잡았다.

가슴이 터질 듯 밀려오는 슬픔.

고개를 떨어뜨린 문호량의 평온한 얼굴.

이렇게 될 수도 있다는 걸 알면서 저 먼저 죽겠다고 따라온 놈.

하늘이 하얗게 변했고 눈에서는 하염없이 눈물이 떨어졌다.

예전 지천에 올라 어이없는 이별을 했을 때와는 다르다.

그 때는 세상을 등지는 것조차 모른 체 이별을 했으니 슬퍼할 겨를이 없었지만 지금은 가슴이 아파 견딜 수가 없었다.

자신이 살던 세계를 떠나 이세계에 온 후 언제나 보고 싶었던 얼굴.

문호량. 모든 것을 다 줄 수 있었던 친구.

그러다 기적처럼 다시 만났다.

얼마나 기뻤단 말인가.

놈을 만난 후 세상을 다 가진 것처럼 하염없이 기뻤다.


호량아, 나의 친구.

더럽게 꼬여 버린 삶 속에서도 언제나 나를 믿어주었던 너.

너를 먼저 보낸 내가 더 살아서 무슨 영화를 누릴까.

조금만 기다려.

너와 나를 이렇게 만든 놈들. 그리고 사람들의 눈에서 피눈물을 흘리게 만든 것들.

전부 싸그리 조져놓고 곧 너한테 갈게.

후회도 미련도 없다.

하지만, 우리가 늘 하던 대로 끝장은 봐야 하지 않겠어.


*　　　　*　　　　*

한동안 문호량의 식어버린 육체를 끌어안고 오열하던 한정유는 이를 악문 채 자리에서 일어났다.

그런 후 녹색 구체를 향해 돌아섰다.

처벅, 처벅.

무거운 발걸음.

그 속에 있는 것이 무엇이든 상관없다.

네가 어떤 힘을 가지고 있던 개의치 않는다.

죽일 테면 죽여 봐.

신이라도 상관없고 이 세상을 창조한 놈이라도 상관없어.

녹색 구체 앞에 서자 은은한 진동이 느껴졌다.

그가 다가서자 발생한 진동이었는데, 더 이상 다가오지 말라는 경고음처럼 느껴졌다.

그러나 한정유는 망설이지 않고 무극도를 꺼내 들었다.

입구가 없다.

완전한 구체는 녹색 광채에 사로잡혀 조금의 틈도 보이지 않았다.

무극도를 치켜들고 그대로 돌진하며 도강을 펼쳤다.

입구가 없다면 만든다.

스스슥… 스륵…….

무엇이든 벤다는 도강과 녹색 광채에 부딪치자 뱀의 울음소리가 흘러나왔다.

그것도 다 죽어가는 뱀의 울음소리가.

마치 빈 공간을 찌른 것 같은 느낌.


녹색 광채는 분명 무형이 아님에도 천지를 자른다는 도강의 위력을 고스란히 흡수한 채 멀쩡하게 서 있었다.

거의 10여 분을 날아다니다가 천천히 신형을 멈췄다.

변화가 없다.

이런 상태로 지속해 봤자 아무런 진전이 없다는 판단이 들자 한정유는 무극도를 거둬들이고 녹색 구체 앞에서 좌정을 했다.


일단 몸부터 추스리고 다시 시작한다.

넌 나를 잘못 봤어.

난 결심한 건 반드시 해내는 독종 중의 독종이야.


무극진기를 끌어 올려 미지인들과의 전투에서 당했던 내상을 치료했다.

지천의 끝을 향해 나아가는 그의 신체는 이미 인간의 범위를 벗어났기에 무극진기의 효능 또한 단시간 내에 손상된 구성 요소를 원상태로 회복시켰다.


몸이 되살아나자 한정유는 눈을 뜬 채 녹색 구체를 응시했다.

기감.

지천에 오른 그의 기감은 치료를 하는 와중에도 녹색 구체의 변화를 끊임없이 관찰했다.

보이지는 않았으나, 누군가 자신을 보고 있다는 느낌.

구체 안에는 어떤 존재가 있는 것이 분명했다.


"후욱!"


자리에서 일어난 한정유는 무극도를 앞으로 내민 채 곧장 허공으로 비상했다.

그런 후 섬전십삼뢰의 마지막 초식 천붕의 멸을 녹색 구체를 향해 시전했다.

셀 수 없이 쏟아져 나온 용들이 하늘을 비상하며 거대한 용으로 현신하면서 녹색 구체에 부딪쳐 갔다.


"크르릉……"


소리가 다르다.

소리가 다르다는 건 녹색 구체에 타격을 줬다는 뜻이다.

한정유는 천붕의 멸을 한 지점으로 집중시켰다.

타격을 받았다면 결국 손상이 커지면서 깨질 것이다.


거대한 용이 형태를 바꿔가며 계속 부딪치자 영원히 변할 것 같지 않았던 녹색 구체가 흔들리기 시작했다.

균열이 생긴 것은 한정유가 이를 악물고 천붕의 멸을 한 단계

더 확장시켰을 때 발생했다.


쩌적… 파바박…….

균열이 더욱 커졌다.

한번 생성된 균열은 극강의 힘으로 공격하는 거대한 용의 힘을 견디지 못하고 점점 커져갔다.

그러던 어느 순간 기어코 녹색의 구체에 커다란 구멍이 생겼다.


한정유는 그 틈을 놓치지 않고 신형을 날려 구멍 안으로 파고들었다.

아니나 다를까.

그가 구멍 안으로 들어오자 거짓말처럼 확장되었던 구멍이 원상태로 회복되었다.


안으로 들어 온 한정유는 정면을 응시한 채 걸음을 멈췄다.

아무것도 없다.

무언가 엄청난 것이 있을 줄 알았던 녹색 구체 안은 텅 비어 있었고, 오로지 거대한 의자만 덩그러니 놓여 있을 뿐이었다.

그리고 그 의자에 앉아 있는 존재.


그가 싸웠던 미지인들과 비슷한 형상.

다른 것은 오직 하나.

그의 신장이 다른 자들보다 월등하게 크다는 것뿐이었다.

"네가 괴물들의 지배자냐?"

"샤이온에 초월자가 있었다니 놀라운 일이군. 너의 정체는 무엇이냐?"

"이 새끼야, 내가 먼저 물었잖아. 지금부터 말귀를 알아처먹지 못하면 대가리를 부숴 버린다. 차근차근 하나씩 물을 때마다 확실하게 대답해."

한정유가 무극도를 치켜들었다.

그러고는 미지의 존재를 향해 도강을 뿜어냈다.

정말, 대답을 하지 않으면 즉각 공격을 가할 기세였다.

"다시 묻지, 네가 괴물들의 지배자냐?"

"그렇다."

"여기 온 이유는?"

"쿠카스의 피조물들을 살리기 위해."

미지인은 여전히 앉은 채 대답을 했다.

그는 한정유가 무극도에서 도강을 뿜어내고 있었으나, 전혀 동요하지 않는 모습이었다.

"무슨 개소리야. 알아듣기 쉽게 설명해!"

"크메리안을 공격하는 괴물들을 창조한 것은 우리였다."

"너희가 누군데?"

"메킬 우주의 주인. 네가 괴물들이라 부르는 존재들은 메킬 우주의 쿠카스란 별에서 생존하던 생명체다. 문명을 이룬 세계에서 살았으니 다중 우주란 말은 들어봤겠지?"

미지인의 질문에 머리가 띵해졌다.
다중 우주?
말 그대로 해석하면 우주가 여러 개란 뜻이다.
하지만, 이해가 된 건 아니다.
우주가 어떻게 여러 개란 말인가.
우주가 수많은 성운의 집합체란 건 들어봤으나 우주가 여러 개란 말은 처음이다.
한정유가 대답을 하지 않자 미지인의 말이 계속 이어졌다.

"우주의 숫자는 나도 모른다. 우주의 탄생 배경도 알지 못해. 우리는 엄청난 과학 문명을 이뤘으나 끝내 그 신비에 대해서는 밝혀내지 못했다. 그럼에도 여러 가지 사실은 알아냈지. 우주의 숫자는 셀 수 없이 많으며 그 우주들이 빛보다 빠른 속도로 팽창한다는 사실을……."

정말 씨발이다.
미지인은 혼자서 옛날이야기 하듯 자신들의 역사를 말하기 시작했다.
마치 공상 만화를 보는 것 같은 아주 지독하게 비이성적인 이야기들을.

미지인은 자신을 헤르게스인이라고 했다.

과학 문명의 지독한 발달은 신체를 변화시켜 육신의 한계를 극복하는 수준에 이르렀다는 것이 그의 설명이었다.

그의 몸이 반투명하게 변한 것도 그런 원인 때문이었다.


그들은 과학 문명이 발달하면서 우주의 신비를 찾았다.

우주가 어떻게 탄생된 것인지, 자신들의 존재는 어디서부터 시작된 것인지, 자신들과 비슷한 문명에 대한 존재 여부를 알아내기 위해 수천 개의 탐험선을 띄워 미켈 우주를 뒤졌다고 한다.

그 과정에서 우주가 한 개가 아니란 사실을 알았다.

우주의 탄생이 빅뱅으로 시작되었다는 것을 과학적으로 증명하는 과정에서 우주 근본 입자가 수도 없이 많다는 것을 확인한 끝에 내린 결론이었다.

이른바 지구에서 연구하던 초끈 이론.

헤르게스인들은 과학적으로 그 초끈 이론을 증명했으며, 우주의 끝에서 또 다른 우주를 직접 눈으로 확인했다는 것이다.

우주를 벗어날 수는 없었다고 한다.

우주와 우주 사이에는 강력한 중력으로 인해 그들의 과학으로도 이탈이 불가능했고 차원의 세계가 상이한 것이 원인이었다.


그러던 어느 날 미켈 우주가 폭발하기 시작했다.

우주 간의 중력이 변하면서 미켈 우주가 이웃 우주와 충돌했기 때문이었다.

우주 간의 중력은 서로 밀어내는 성질이 있는데, 어느 순간 우주 간에 존재하고 있던 거대한 블랙홀로 인해 특이점에서 중력이 변하며 우주 간 인력이 발생한 것이 원인이었다.

"헤르게스는 멸망했고 우리가 창조했던 수많은 문명과 차원들이 소멸되었다. 나와 너에게 소멸된 투루들은 마지막 생존자였어."

"중력으로 인해 너희 우주를 벗어나지 못한다면서 여긴 어떻게 왔나?"

"우주 간 충돌로 인해 블랙홀들이 발생했기 때문이다. 블랙홀들은 차원과 공간, 시간을 왜곡시키는데, 이곳 샤이온 우주가 우리 우주의 폭발로 인해 균열이 생겼다. 그로 인해 통로가 생긴 거야."

"그 통로가 바로 던전이냐?"

"그렇다. 너희들이 부르는 그 던전이 바로 그 통로다."

"다 소멸되었다면서 저 괴물들은 어떻게 살아남은 거지?"

"쿠카스는 창조한 생명체들 중 마지막 살아남은 존재들이었다. 너희들은 괴물이라 부르지만, 그들은 고등 생물이기에 시간이 지날수록 문명을 발생시켜 나갈 것이다. 그래서 살리고 싶었다. 이곳 샤이온에서 미켈 우주의 생명체가 다시 번영하길 우리는 간절히 원했다."

"다른 존재들을 소멸시키면서?"

"우리는 공존을 원했지만 그렇게 할 수 없었다. 너희들의 창조주, 루는 우리의 존재를 인정하지 않았어."

"우리의 창조주?"

"모든 생명에겐 창조주가 있다. 미켈 우주에 우리가 있었던 것처럼 너희 우주에는 루라는 창조주가 있지. 루족은 이기적인 자들이야. 나의 존재를 부담스러워하며 너희에게 전쟁을 강요하지 않았다면, 이런 살육은 벌어지지 않았을 것이다."

"미친 개소리군. 들을수록 어이없어서 하품이 나와. 차원이 어쩌고 우주 팽창이 어쩌고 하는 건 그렇다고 쳐. 그런데 왜 하필 크메리안과 지구에 왔나. 공존을 원했다면 이 우주에도 수없이 많은 행성이 있을 텐데, 굳이 크메리안과 지구에 와서 살육을 벌인 이유가 뭐야!"

"생명이 살아갈 수 있는 가장 적합한 행성이었으니까. 우주에는 수많은 행성이 있지만 생명이 살아갈 수 있는 행성을 찾는다는 건 거의 불가능에 가깝지. 그래서 이곳에 온 거다."


하아.

정말 골 때리는 이야기의 연속이다.

미지인이 말하는 것을 전부 이해하기엔, 그의 과학 지식이 너무 짧다.

그럼에도 주요 골자는 알겠다.

결국 살아남기 위해 이곳에 왔고 방해하는 존재들을 소멸시켜 안정적으로 번식을 해나가려던 게 그들의 목적이다.

이제 모든 것을 대충 이해했으니 결론만 남았다.

"네 입으로 직접 창조주 타령을 했으니 괴물들에게는 네가 신이구나. 그 말은 너만 죽이면 이 사태가 대충 해결된다는 뜻이겠어. 그렇지?"

더 이상 대화를 나눌 필요 없다.

미지인이 이야기하는 어떤 것도 그의 분노를 잠재울 수 없었고 그 어떤 원인과 이유조차 듣기 싫었다.

중요한 것은 그들이 자신의 삶을 파괴했다는 것과 소중한 친구, 그리고 사랑하는 가족을 죽음 속으로 몰아넣었다는 것뿐이었다.

"일어나라. 당당하게 죽여주마."

한정유의 일갈에 미지인의 몸이 천천히 의자에서 일어섰다.

헤르게스인이라고 했던가.

그가 괴물들을 비롯해서 수많은 생명체의 창조주란 건 의미가 없다.

오직 이 순간.

그는 자신의 적이었고 분노를 풀어버릴 대상일 뿐이다.

신이라 해도 나는 너를 죽인다.

미지인이 자리에서 일어나는 순간 거대한 의자가 형체를 상실한 채 사라져 갔다.

신기루처럼 사라지는 의자를 보면서 한정유는 아무런 반응조차 나타내지 않았다.

이젠 놀라울 것도 없다.

이 세상에 와서 본 모든 것이 현실과 동떨어진 것뿐이었으니 의자가 눈앞에서 사라지는 것조차 아무런 감흥이 일어나지 않았다.

막상 미지인이 일어서자 신장이 3m에 달했다.

거기다가 투명한 신체.

허상이라 불러도 이상하지 않을 정도로 그의 신체는 무형과 유형 사이를 모호케 만들고 있었다.

한정유는 무극도를 빼어들고 천천히 그의 앞에 다가섰다.

그러고는 내공을 회전시켜 전신으로 돌렸다.

긴 승부를 원하지 않는다.

그도, 자신도 이곳에서 오직 생성과 소멸의 끝을 확인하는 게 목적이다.

미지인이 허공으로 부유하는 것을 보며 한정유도 몸을 끌어올렸다.

그러고는 자신이 지닌 모든 내공을 담아 천붕의 멸을 시전했다.

본능이 말해주고 있었다.

다른 공격을 한다면 그가 아니라 자신이 죽음을 당한다는 사실을.


번쩍거리는 금빛 물결.

무극도에서 빠져나온 수많은 용들이 하나가 되어 미지인을 향해 쏘아져 나갔다.

그에 맞춰 미지인의 양손에서 거대한 흰색 광선이 뿜어져 나왔다.

고도의 능력은 적의 존재에 대한 한계를 느낀다.

모든 생명체의 근원.

한쪽은 스스로 창조주라 칭했고, 또 한쪽은 모든 것을 초월한 존재다.

그랬기에 양쪽 모두 지니고 있던 모든 능력을 발휘할 수밖에 없었다.


콰르릉……. 콰릉, 콰르릉…….

끝없이 터지는 충돌음.

천둥보다 더 크고, 지진보다 더 심한 진동이 구체 전체를 흔들었다.

충돌하면서 퍼져 나가는 기파의 물결.

너무나 거대해서 함부로 표현조차 하지 못할 극강의 향연.


거대한 압력에 코와 입에서 핏물이 솟구쳐 나왔다.

인간이 아닌 자와의 전투.

신의 영역에 있는 자와의 싸움은 인간과의 싸움과 그 근본적인 결에서 차이가 있었다.

자신 역시 인간의 범위를 벗어난 존재였지만, 미지인이 뿜어내는 미증유의 거력은 천붕의 멸을 시전했음에도 계속 신체를 파괴했다.

그렇다고 해서 혼자 손해 본 것도 아니다.

미지인도 온전하지 않았는데, 투명했던 신체는 천붕의 멸과 부딪칠 때마다 점점 유형화되어 이젠 유관으로 명확하게 확인될 정도였다.

그 의미는 그 역시 상당한 타격을 입고 있다는 뜻이다.


입안을 가득 채운 피를 뱉어냈다.

마지막 충돌로 20m나 튕겨 나온 상태에서 한정유는 거칠어진 호흡을 천천히 가다듬었다.

오공에서 피가 흘렀다.

지천에 오른 몸 곳곳이 파괴되어 피부는 꺼멓게 죽었고 구멍이란 구멍에서 전부 피가 새어 나왔다.

이대로 계속 소모전을 벌인다면 더 이상 버티지 못할 거란 판단이 들었다.


"이젠 끝을 보자!"


이미 투명을 상실한 미지인의 검은 눈을 바라보며 한정유가 중얼거렸다.

온전하게 나타난 미지인의 형체는 괴물들 중 마이칸과 비슷했다.

멈췄던 몸을 날려 곧장 공간을 압축시키며 날아올랐다.
누가 죽든 상관없다.
호량이한테 가야 해.
너를 죽여서 살아남는다면 호량이를 한 줌 재로 만들어 뿌려 줘야 하고, 만약 내가 죽으면 호량이를 다시 만나 못다 한 이야기들을 나눌 거야.

콰르르릉… 콰르릉… 콰릉!
기어코 구체가 깨졌다.
양쪽 초월자들이 뿜어내는 강력한 기파로 연신 흔들거리던 녹색 구체는 마지막 순간 빛을 상실한 채 빈 공간으로 변했다.
그리고 그 중앙.
흰색 광선이 천봉의 멸에 산산조각으로 소멸되는 순간, 유형화되었던 미지인의 신형이 먼지가 되어 흩날리며 불어오는 바람에 날아가기 시작했다.

한정유는 쓰러진 상태에서 공과 허로 돌아가는 모든 것들을 지켜봤다.
신을 죽였다는 것, 그리고 그들이 머물렀던 공간이 무로 돌아가는 장면을 지켜보며 한정유는 이를 악물었다.
기적일까?

그럴지도 모른다. 인간으로 태어나 신이라 불린 존재를 죽였으니 기적이란 단어가 어울릴지도.

손 하나 까닥할 힘이 없다.

팔다리가 잘린 것은 아니었으나 온몸의 세포는 시꺼멓게 죽었고 내장마저 이탈되었을 뿐만 아니라 내공은 산산이 흩어진 상태였다.

아무것도 하고 싶지 않았다.

이대로 삶이 끝난다 해도 아무런 미련이 남을 것 같지 않았다.

그래서 눈을 감은 채 잠속으로 빠져들었다.

꿈을 꾸면 그 옛날 행복했던 그때로 다시 돌아갈 수 있을지 모른다는 희망을 가진 채.

＊        ＊        ＊

"한 수만 물려줘."

"안 돼."

"이 자식아. 돌을 놓친 거라고 했잖아. 내가 두고 싶었던 곳은 거기가 아니었다니까."

"사기 치지 마."

"정말 안 물려줄 거야?"

눈을 부릅뜨고 째려보자 문호량의 얼굴에서 야릇한 웃음이
흘러나왔다.


"소화를 소개시켜 줘. 그럼 물러줄게."

"그건 안 돼. 소화같이 착한 애를 너 같은 바람둥이한테 소개
해 줄 것 같아. 어림없는 소리. 그랬다간 우리 마누라한테 죽어
인마. 마누라가 지 동생을 얼마나 끔찍하게 사랑하는데!"

"소화만 소개시켜 주면 다른 여자는 전부 정리할게."

"웃기고 있네. 지나가는 개가 다 웃겠다."

"진짜라니까!"

"여자들 먼저 정리해. 그러면 생각해 볼게."

"그건 안 되지. 다 정리했는데 소개 안 시켜주면 나만 손해 보
잖아."

"싫으면 말고."

"됐다, 이 자식아. 그럼 여기 저기 다 죽었으니까 이젠 항복하
고 약속한 대로 취선루에서 술이나 사."

"야비한 놈."


흘러나오는 웃음.

바둑돌을 쓸어담는 문호량을 보면서 자신도 모르게 웃음이
얼굴을 가득 채웠다.

정말 소개시켜 줄 생각이었다.

이제 다 성장한 처제는 세상에서 가장 아름다웠으니 목숨마
저 줄 수 있는 친구와 더없이 어울린다.

슬픔이 몰려왔다.

환하게 웃고 있던 놈이 신기루로 변해 사라져 갔다. 그리고 생겨난 끔찍한 고통.

하지만, 더 아픈 건 현실로 돌아오며 문호량이 죽었다는 사실을 인정해야 된다는 것이었다.

눈에서 흘러내리는 눈물을 참지 못했다.


"호량아… 호량아……."


시신을 수습해야 되는데… 괴물들한테 뜯겨 먹히면 안 되는데…….


눈을 떴다.

천근처럼 무거워진 눈을 간신히 떴지만 여전히 몸은 움직여지지 않았다.

이 지겨운 세상.

밤이 없으니 시간이 얼마나 흘렀는지 알 수 없다.


단전은 텅 비어 있었고, 육체는 움직여지지 않았지만 한정유는 겨우 떴던 눈을 다시 감았다.

마음이 움직이면 육체가 따라온다.

그것이 무극의 기운이며 조화이자 신비다.

한정유는 눈을 감은 채 조용히 심법을 펼쳐 천지간의 기운을 끌어모으기 시작했다.

그러자 완전히 비워졌던 단전에 무극의 기운들이 조금씩 스며들었다.

원래 가지고 있던 기운을 되찾기에는 시간이 필요하겠지만, 이대로라면 그리 오래 걸리지 않을 것 같았다.

문제는 먼 곳에서 스물거리는 기운이 느껴진다는 것이었다.

미지인들이 통제하고 있던 녹색 아칸에 괴물들이 들어오고 있는 게 분명했다.

창조주가 만들어둔 족쇄가 걷어지자 괴물들은 자신을 추적하기 위해 아칸 안으로 들어온 것 같았다.

시간이 없다.

이대로 움직이지 못한 채 괴물들과 조우한다면 산 채로 괴물들에게 죽임을 당한다.

한정유는 미약하게 자리 잡은 무극진기를 전신으로 돌리기 시작했다.

마음이 급해졌지만 진기는 원활하게 흐르지 않았다.

육체의 주요 혈도들이 모두 망가졌고, 내장마저 이탈되었기 때문에 겨우 확보된 무극진기가 힘들게 단전을 벗어났다.

손상된 혈도를 건너뛰고 겨우 살아남은 혈도로 진기를 보내며 전신에 산재되어 있던 내공을 합류시켰다.

몸이라도 움직일 수 있도록 만들어야 한다.

움직이지 못하면 호랑이의 시신은 물론이고 자신마저 괴물들의 마수를 피하지 못할 것이다.

막상 위기에 몰리자 김가은과 김도철의 얼굴이 떠올랐다.

아직도 자신에게는 소중한 사람들이 남아 있다는 게 절체절명의 순간이 다가오자 불쑥 뇌리를 때렸다.

이 여정의 끝이 어떻게 끝날지 모르나 그들을 다시 한번 보고 싶다는 간절한 욕망이 끓어올랐다.

다행스럽게 무극의 기운이 혈도 사이를 흐르기 시작하며 내공을 점점 키워 나가기 시작했다.

일 주천, 이 주천, 삼 주천.

내공이 어느 정도 커지자 한정유는 파괴된 혈도들을 회복시켰다.

이제 괴물들은 1㎞ 앞까지 육박해 들어오는 중이었다.

속도전.

지천에 오른 무극의 기운은 상상을 초월할 정도로 신비롭고 경이롭다.

파괴된 혈도들은 극에 오른 무극진기가 닿을 때마다 다시 살아났고 이탈된 장기들도 하나씩 제자리를 찾기 시작했다.

조금만 더 하면 괴물들과 상대할 수 있을 정도로 신체를 회복할 수 있을 것 같았다.

하지만, 더 이상 시간이 없다.

괴물들이 200m 전방까지 다가오는 걸 확인한 한정유는 눈을 번쩍 뜨고 자리에서 일어났다.

몸이 불편하다.

아직 신체가 완벽하게 회복되지 않았고 장기의 절반이 이탈된 상태였기 때문에 움직이자 온몸에서 끔찍한 고통이 몰려왔다.

그럼에도 한정유는 현천보를 시전해서 문호량을 향해 움직였다.

평상시라면 눈 깜짝할 사이에 도달 할 수 있는 거리였지만, 최악인 그의 몸은 그리 빠르지 않았다.

괴물들의 숨결이 느껴질 정도로 가까워진 상태에서 한정유는 문호량의 몸을 둘러멨다.

그런 후 전력을 다해 괴물들이 다가오는 반대 방향으로 움직였다.

이런 상태로 괴물들과 부딪친다는 건 자살행위나 다름없는 짓이었다.

한참을 달리던 한정유는 방향을 틀어 서쪽으로 선회했다.

괴물들의 추격을 회피하기 위해서는 한쪽으로 도주하면 안 된다는 판단이 들었기 때문이었다.

그런데 뭔가 이상하다.

그토록 일사불란하게 움직이던 괴물들의 행동이 난잡함을 보이고 있었다.

거대하게 서 있는 절벽의 끝선을 향해 움직였다.

도대체 어떤 일이 벌어지고 있는 걸까?

절벽의 끝선이 아칸을 한눈에 볼 수 있을 정도로 높다는 것을 경험으로 알고 있었다.

찢어지는 통증을 겨우 참아내며 절벽의 모서리에 서자 괴물들의 행동이 한눈에 들어왔다.

이런 미친…….

무자비한 살육.

아칸은 강한 괴물이 약한 괴물을 찢어 죽이고 있었는데, 하급 괴수들이 상급 괴수들을 피해 미친 듯이 달아나는 게 보였다.

그 모습을 보며 단박에 상황 파악이 되었다.

창조주의 통제가 상실되자 생명체의 피비린내 나는 본능이 되살아난 게 분명했다.

안전한 곳을 찾아 문호량을 내려놓았다.

통제가 상실된 괴물들은 자신을 추적하러 아칸으로 들어온 게 아니라, 살육과 도주를 위해 들어온 것이었다.

괴물들의 목적이 자신이 아니라면 최대한 빨리 몸을 회복하는 게 우선이다.

그랬기에 한정유는 좌정을 한 후 빠르게 무극진기를 전신으로 돌리기 시작했다.

몸을 어느 정도 회복한 한정유는 문호량의 시신을 둘러메고 난장판으로 변해 버린 아칸을 빠져나왔다.

괴물들의 시신이 지천에 깔려 있었다.

아칸 안에도 그리고 끝없이 펼쳐진 초원에도 괴물들의 시신은 끝이 없었다.

잔인함의 극치.

상급 괴수들에게 죽임을 당한 시신들은 온전한 것이 하나도 없었다.

여기저기서 벌어지고 있는 살육의 현장을 빠져 나온 한정유는 왔던 길을 되돌아갔다.

질서를 잃어버린 괴물들의 사투를 우회해서 타이탄으로 향했다.

아직 몸이 완전한 상태가 아니었기 때문에 거대 괴수들과 굳이 싸울 이유가 없었다.

모든 아칸에서 쏟아져 나온 괴수들은 크메리안 전체를 뒤덮고 있었다.

어느 곳에도 괴물들 천지였다.

한 가지 특징은 시간이 지날수록 동족간의 연합체가 마련되고 있다는 것이었다.

구홀은 구홀대로, 살라멘더는 살라멘더대로.

상급 괴수들의 공격을 막기 위해 같은 동족의 괴수들끼리 떼를 형성해서 대항하는 모습이 여러 군데서 발견되었다.

오랜 여정 끝에 타이탄에 돌아온 한정유는 성벽에 가득 쌓인 괴물들의 시신을 확인하며 내성으로 향했다.

끝이 없다.

크메리안과의 전투에서 죽은 게 아니다.

통제가 상실되면서 괴물들끼리 살육을 벌였기 때문에 발생한 것이 분명했다.

괴물들의 시신은 내성까지 이어져 있었다.

그가 떠나기 전 3성벽까지 괴물들이 진입했었는데, 이미 3성벽은 산산이 부서져 있는 상태였다.

마음이 급해졌다.

3성벽이 무너졌다면 남아 있는 내성들은 풍전등화나 다름없었기 때문이었다.

김도철과 김가은의 안위가 걱정되어 한정유는 전력으로 현천보를 펼쳐 비상했다.

오는 동안 쉬면서 계속 상처를 치료했고 내공도 회복되었기에, 그의 몸은 바람처럼 타이탄의 대로를 가로질렀다.

생생하게 남아 있는 내성의 성벽이 확인된 후에야 신법을 멈췄다.

다행이다.

마지막 남은 두 개의 성벽은 층층이 쌓인 괴물들의 시신 속에서 다행히 온전한 모습으로 남아 있었다.

타이탄.

번영의 상징이었던 그곳은 슬픔의 강이 흐르고 있었다.

외성과 내성을 방어하며 죽어간 수많은 생명들과 그들을 그리워하는 자들의 슬픔이 곳곳에서 눈물이 되어 흘렀다.

그들의 슬픔을 지나쳐 김가은이 머물고 있는 파이란으로 향했다.

파이란에 들어서자 이미 연락을 받은 키카와 최고 의원들이 홀까지 나와 대기하고 있다가 한정유를 확인한 순간 깊게 허리를 굽혔다.

최상의 공경과 예우.

"영웅이시여, 크메리안을 구한 영웅이시여. 진정으로 감사드립니다."

키카의 눈에서 하얀 방울들이 흘러내렸다.

그녀의 눈물은 고마움으로 인한 것일까, 아니면 살아남았다는 기쁨 때문일까.

차갑게 고개를 끄떡인 후 걸음을 옮겨 김가은을 찾았다.

그들의 인사를 받기 싫었다.

자신의 등 뒤에 업혀져 있는 문호량의 시신.

그들로 인해 친구가 목숨을 잃었다는 증오감이 그런 행동을 하게 만들었다.

물론 그들로 인한 것이 아니란 건 안다.

그럼에도 뻔뻔하게 살아 있는 그들을 보자 자신도 모르게 주먹이 쥐어졌다.

"정유 씨!"

멀리서 달려오는 김가은의 모습이 보였다.

그리고 그 뒤를 따라 김도철이 달려오고 있었다.

"살아와서… 고마워요. 살아줘서……."

품 안에 안긴 그녀가 울었다.

그녀의 얼굴은 퉁퉁 부어 있었는데, 그가 떠난 이후 잠시도 편히 쉬지 못했던 게 분명했다.

하지만, 그녀와 다르게 김도철의 시선은 한정유의 등을 향해 있었다.

"호량이는… 정유야, 호량이는!"

"먼저 갔어."

"무슨 소리야!"

김도철이 소리를 지르며 달려와 문호량의 시신을 내렸다.

그런 후 싸늘하게 식어버린 그의 시신을 어루만지며 소리를 질렀다.

"호량아, 이 새끼야. 일어나, 일어나라고!"

아무런 생각도 들지 않았다.

김도철의 비명 소리가 마치 칼날이 되어 가슴을 쑤시는 것 같았다.

뒤늦게 문호량의 죽음을 확인한 김가은이 비명을 지르며 울었으나 한정유는 그녀를 위로하지 않았다.

　모두… 나 때문이야.

　나로 인해 죽었어. 내가 지켜주지 못해서.


＊　　　　　＊　　　　＊


　문호량의 시신을 태웠다.

　그들이 살던 무렵에서는 무인의 시신을 매장하지 않는다.

　한 줌 재가 되어 자연으로 돌아가야 다시 돌아올 수 있다는 믿음이 있었기 때문이다.


　친구의 시신이 담긴 상자를 들고 타이탄의 중심을 흐르는 강으로 향했다.

　잔잔하게 흐르는 강물은 서쪽에서 시작되어 타이탄의 중앙을 지나 동쪽 크메리안 대륙의 끝까지 흐른 후 바다로 들어간다고 들었다.

　강가에 도착해서 상자를 내려놓은 후 그 옆에 앉았다.


　"호량아, 지금 말고 조금 있다가 가. 나와 함께 조금만 더……."

　"그냥 뿌려줘. 너 아파하는 꼴 보기 싫어."

　"이 새끼야. 넌 왜 네 생각만 해. 내가… 널, 보내기 싫다고. 이대로 그냥 널 보내기엔… 너무 미안해서 그래."


　고개를 수그리고 무릎에 박은 채 움직이지 않았다.

집 안 거실에 앉아 있는 놈의 모습을 보는 순간 몸이 부들거리며 떨려 견딜 수가 없었다.

다시 만났다는 그 기쁨을 무엇과 비교할 수 있을까.

그런데… 그런데, 또 이런 잔인한 이별을 해야 한다.

내가, 도대체 나는 뭘 그리 잘못했기에 이런 슬픔을 계속 당해야 된단 말인가.

놈과의 추억과 우정.

그 추억을 하나씩 꺼낼 때마다 분노가 타올라 새까맣게 가슴을 태웠다.


김가은이 다가 와 쪼그려 앉았다.

그런 후 흘러가는 강물을 바라보다가 어렵게 입을 열었다.


"정유 씨, 이젠 그만 보내줘요. 시간이 너무 많이 지났어요."


불안한 표정.

그녀는 한정유가 고개를 박은 후 일어나지 않자 용기를 내어 다가왔으나 목소리가 떨리고 있었다.

그녀도 불쌍하다.

오직 자신을 사랑했기에 사랑하는 사람들을 떠나 이곳까지 왔으나, 이곳은 지옥일 뿐이었다.

더군다나 돌아갈 길도 방법도 없으니 그녀에게는 오직 자신만이 세상의 전부였다.

천천히 고개를 들고 상자를 열었다.

그녀의 말대로 이젠 문호량을 보내줄 때였다.

한정유가 먼저 손을 내밀어 재를 뿌리자 김도철이 다가왔고 김가은이 뒤를 이었다.

세 사람이 한 번씩 돌아가며 문호량의 이름을 불렀다.


문호량, 잘 가라…….


\*　　　　\*　　　　\*


한정유는 강에서 돌아 와 곧장 키카를 찾았다.

모든 것은 시작이 있고 끝이 있다.

그러니 그 끝을 확인해야 한다.


"어서 오세요. 친구분은 잘 보내셨나요?"

"그렇소."

"절 찾으신다고 하기에 급히 돌아왔어요. 아시는 것처럼 괴물들이 대륙 전체를 장악해서 타이탄은 여전히 고립된 상태예요. 괴물들을 방어하기 위해서는 부서진 내성과 외성을 최대한 빨리 복구해야 된답니다. 그런데 왜 저를 찾으셨나요?"


바쁘다는 게 말투에서 나타났다.

겨우 살아남은 9개의 타이탄에 남아 있는 크메리안의 숫자는 백만 명도 되지 않는다.

1억이 넘는 인구가 죽었으니 생존률이 1%에 불과했다.

최고 회의의 의장으로서 임무가 막중하겠지.

하지만, 한정유의 시선은 싸늘하게 가라앉아 있을 뿐이었다.


"당신들의 신, 루를 만나야겠어. 루는 어디 있지?"

"그게 무슨……."

"그가 어디 있는지 당신이 알고 있잖아. 말해, 또다시 헛소리 지껄일 생각하지 마. 이번에는 안 통하니까."

"영웅께서 뭔가 착각을 하고 계시는군요. 내가 어떻게 신이 계신 곳을 알겠어요. 피조물은 신을 찾을 수 없습니다. 신은 오직 그분이 스스로 나타날 때 대면할 수 있을 뿐이에요."

"괴물들의 창조주가 그러더군. 루라는 당신들의 창조주가 공존을 원하지 않았기 때문에 전쟁이 벌어졌다고. 말해, 정말 루가 당신들에게 전쟁을 지시했나?"

"계시를 받았던 건 사실이에요. 하지만, 계시가 없었더라도 우린 싸울 수밖에 없었을 거예요. 영웅께서 알겠지만 괴물들은 살아 있는 생명체를 전부 소멸시키는 존재들이었어요."

"계시를 받은 방법은?"

"그건 말해 드릴 수 없어요. 크메리안에서 신에 대해 발설하는 건 최대의 불경이며, 씻을 수 없는 죄를 짓게 되는 겁니다."

"그래?"


완강하게 버티는 키카의 모습을 보며 한정유가 싸늘하게 웃었다.

번쩍.

어느새 빠져나온 무극도가 공간을 지나 나타났다가 다시 한 정유의 수중으로 돌아왔다.

"악!"

그 결과는 잔혹했다.

왼쪽 팔이 잘려 바닥에서 펄떡펄떡 뛰었는데 키카의 몸에서는 파란 피가 분수처럼 솟구쳐 나왔다.

고통을 참지 못하며 신음을 흘리는 키카의 얼굴은 새하얗게 질려 있었다.

"다시 한번 묻지. 이번에도 대답하지 않으면 나는 이대로 파이란을 나갈 거야. 그런 후 타이탄에 있는 모든 크메리안인들을 죽일 거다. 그래도 말하지 않으면 남아 있는 타이탄을 찾아가서 전부 씨를 말리겠어. 내 말이 믿기지 않아?"

"으······."

"나는 너희들을 구하러 온 영웅이 아니다. 나는 마제라고 불리웠던 존재야. 나는 나를 이용하거나 대항하는 자, 그리고 내가 사랑하는 사람들을 해친 놈들은 싸그리 소멸시켰어. 그런 내가 크메리안들을 죽이지 못할 것 같나?"

"도대체, 왜 이런 일을 벌이는 거죠?"

"너희 창조주가 벌인 일이니까. 나를 부른 것도 그자고, 이런 일이 생기도록 조장한 것도 그자야. 그러니 면상을 보고 싶어."

"당신은 착각하고 있군요. 신께서 창조하신 건 크메리안인뿐만이 아니에요. 당신도 그분이 창조하신 거예요!"

"알아, 그래서 만나고 싶은 거야."

"당신… 정말, 무서운 분이군요."


여전히 고통스러운 얼굴로 키카는 두려운 표정을 숨기지 못했다.

한정유의 시선에서 나타나는 광채.

그 광채에는 분노가 활화산처럼 타올랐고 지금 이 순간 그녀가 사실을 말하지 않는다면 파이란을 나갈 것이란 확신이 들었다.

그가 작심을 하고 칼을 빼 든다면 크메리안은 피의 천지가 될 것이다.

그 어떤 존재도 그를 막지 못한다는 것을 잘 안다.

그랬기에 그녀는 한참을 고민하다 떨리는 목소리로 입을 열었다.


"타이탄에는 신을 접견할 수 있는 성지가 있어요. 하지만, 말씀드린 대로 신께서 나타나실 때까지 기다려야 해요. 그렇지 않으면 커다란 재앙이 닥칠 거예요."


\*           \*           \*


한정유는 망설이지 않았다.

이 우주의 생명체를 창조했다는 신의 존재에 대한 두려움은 조금도 없었다.

　삶과 죽음을 초월하게 되면 두려움은 사라진다.


　"정유 씨, 어딜 가는 거예요?"

　"신을 만나러."

　"신이라뇨. 정말 신이 있단 말이에요?"

　"그렇다는군."


　한정유는 김가은과 김도철에게 미지인의 전해 주었던 말과 키
카에게서 들은 이야기를 설명해 주었다.

　시시각각 변하는 두 사람의 표정이 낯설게 느껴졌다.

　그들은 그 누구보다 한정유를 믿는다.

　하지만, 지금 한정유가 한 말은 믿음의 한계를 넘을 정도로 엄
청난 것들이었다.


　"좋다, 네 말이 사실이라고 치자. 그런데 신을 만나서 어쩌려고?"

　"끝을 봐야지. 왜 이런 짓을 벌였는지 확인해야 되잖아."

　"신과 싸울 생각이냐?"

　"싸워야 된다면 싸워야겠지. 그러나 더 큰 이유는 궁금증 때
문이야. 내가 이런 개고생을 한 원인과 끝을 알고 싶어."

　"이해가 돼. 하긴 우린 돌아갈 수 없는 강을 건너왔으니 더 이
상 잃을 것도 없다. 가자, 가서 궁금증이나 해결하고 죽자."


　김도철이 소릴 치자 김가은이 옆에서 같이 고개를 끄덕였다.

같은 마음, 같은 생각.

사랑하는 사람들을 떠나 다른 세계를 떠돈 인생.

항상 궁금했던 모든 것들만 풀 수만 있다면 죽음은 아무것도 아니란 생각이 들었다.


세 사람은 파이란을 나서 키카가 가르쳐 준 장소로 향했다.

키카가 말한 성지는 타이탄의 중심에 우뚝 솟은 언덕이었는데, 그 언덕에는 거대한 원형의 건축물이 지어져 있었다.


성지를 지키는 전사들은 그들이 접근하자 순순히 길을 비켜 줬다.

결심을 굳힌 키카가 미리 지시를 내린 것이 분명했다.

하기야 막아도 소용이 없다.

막는 순간 그들은 전부 싸늘한 시신으로 변했을 테니까.

그만큼 신을 만나겠다는 한정유의 결심은 대단했다.


미로처럼 얽혀 있는 복도를 한참 걸어간 후에 12개의 기둥이 우뚝 솟은 제단이 나타났다.

제단은 12개의 기둥 안에 설치 된 7개의 원형 구조물 안에 들어 있었는데, 직경이 족히 30m는 되었다.

제단과 마주치자 신비로운 기운들이 흘러나왔다.

12개의 기둥 상단은 푸른빛이 흘러나왔고, 7개의 원형 구조물은 붉은색 선들로 이어져 있었다.

하지만, 가장 신비로운 건 제단이었다.

30m의 제단은 아무것도 없었으나 그 표면에서 흰색 광채가 은은하게 흘러나왔는데 제단을 형성하는 물질이 보이지 않았다.

마치 공중에 떠 있는 홀로그램을 보는 것처럼 제단의 형태는 빛 그 자체로만 형성되어 있었다.

"신이 나타나야 만날 수 있다며?"

"응."

"안 나타나면 만날 수 없다는 뜻이네."

"만날 수 있어."

"어떻게?"

"계속 안 나타나면 최후의 방법을 쓸 테니까?"

"어떤 방법?"

"내 인내심이 바닥 날 때까지 기다렸다가 그래도 안 나타나면, 이 제단을 모두 부술 거다. 그리고 밖으로 나가 크메리안인들을 전부 죽일 거야. 그자가 창조한 모든 것들을 파괴한다면 나타나 겠지."

"말도 안 돼요. 신을 만나자고 무고한 사람들을 죽인단 말이에요!"

한정유의 말을 들은 김가은이 뾰족한 비명을 질렀다.

그녀는 한정유의 잔인함에 두려움으로 젖어갔다.

그러나, 한정유의 시선은 변하지 않았다.

"괴물들이나 크메리안인이나, 그리고 우리 모두. 그저 한낱

피조물에 불과하다면 무슨 차이가 있겠어. 난 어떤 짓이라도 벌일 수 있어. 이런 결과를 만들어낸 신을 만날 수만 있다면 말이야."

"정유 씨, 우린 사람이에요. 괴물이 아니란 말이에요!"

"알아, 그래서 쉬운 방법을 선택하지 않고 이곳에서 언제 올지 모르는 신을 기다리잖아."

한정유가 더 무슨 말을 하려는 김가은의 입을 막으며 천천히 제단으로 향했다.

제단의 빛이 더욱 진해지고 있다는 것을 확인했기 때문이었다.

그런 행동을 김도철과 김가은이 멍하니 지켜봤다.

느닷없는 행동이었기에 같이 움직일 생각조차 하지 못했다.

빛이 폭발한 것은 한정유가 제단의 중앙에 나 있는 원 안으로 들어갔을 때였다.

눈을 뜰 수 없는 빛 무리가 솟구쳤고 그 빛이 지붕을 관통한 채 창공으로 뻗어나갔다.

대처할 새도 없이 눈 깜짝할 사이에 벌어진 일이었다.

몸이 붕 뜨는 것을 느끼는 순간 정신이 아득하게 멀어졌다.

급히 무극진기를 온몸에 돌리며 신체를 방어했다.

오색광채.

모든 것이 빛이다.

그리고 자신은 빛의 터널을 통해 어디론가 향하고 있었다.

길고 긴 여행.

여행의 순간은 영원 같기도 했고, 순간이기도 했다.

시간의 정지라면 맞는 말일까?


찬란했던 빛의 홍수가 끝나고 그의 눈에 나타난 것은 끝없이 펼쳐진 바다와 백사장이 보이는 흰색 방이었다.

온통 하얀 방.

하얗다는 표현이 맞는지 모르겠다.

창도 없는 하얀 방에는 벽이 없었고, 사방이 온통 바다와 백사장으로 둘러싸여 있었다.


한정유는 천천히 방을 둘러본 후 바 다쪽으로 시선을 돌렸다가 진기를 끌어 올려 기감을 극대화시켰다.

자신의 몸이 움직였다는 건 신이란 존재가 그를 만나겠다는 뜻일 것이다.

기감을 극대화시켰으나 움직이는 건 아무것도 없었다.

지천에 오른 기감으로도 감지되지 않는다는 건, 신이란 존재가 무의 경지에 있다는 걸 의미했다.


기다렸다.

자신을 부른 게 맞다면 신은 곧 나타날 것이다.

예감은 맞았고 신기루처럼 하나의 존재가 나타났다.

일반인의 눈으로 봤다면 귀신이나 유령처럼 보였겠지만, 한정유는 다가오는 남자를 바라보며 쓴웃음을 지었다.

사람이다.

그것도 자신과 똑같이 생긴 모습.

어이가 없었지만 한정유는 놀라지 않았다.


"당신이 나를 창조한 신이시오?"

"그렇다네."

"왜 내 모습으로 나타난 겁니까?"

"이 모습으로 대화하는 게 편할 것 같아서."

"본래의 모습을 보여주시오. 난 신이란 존재가 어떻게 생겼는지 확인하고 싶습니다."

"미안하지만, 우린 유형의 신체를 가지고 있지 않다네. 그러니 내가 본래의 모습을 보여줘도 자넨 확인할 수 없을 걸세."

"상관없으니까 보여주시오."


한정유는 고집을 꺾지 않았다.

여기까지 와서 신이란 존재의 본래 모습을 보지 못한다는 건 말도 안 되는 일이라 생각했다.

눈앞에서 자신의 모습으로 나타났던 존재가 사라졌다.

마치 영상이 꺼지는 것처럼.

그러나, 아무것도 없는 빈 공간에서 여전히 음성이 들려왔다.


"자넨 확실히 다른 존재들과 다르군. 내가 창조했음에도 감탄이 저절로 흘러나와. 더군다나 그 진화 속도가 예상치를 훨씬 뛰어 넘어 통제가 어려울 정도야."

"신에게 그런 평가를 듣다니 감격스럽군요."

"불만과 분노, 그리고 원망. 모든 감정이 호의적이지 않구나. 그것은 나를 향한 감정들이겠지?"

"나는 크메리안에서 괴물들의 창조주를 만났습니다. 그에게 대충 이 일의 근원에 대해서 들었지만 여전히 의문이 있습니다."

"뭔가?"

"왜 스스로 나서서 막지 않았습니까. 왜 당신이 만든 수많은 생명체를 죽음 속으로 몰아넣었는지 묻는 겁니다."

"나에겐 그럴 힘이 없기 때문이다."

"힘이 없다고요?"

"우린 헤르게스인들과 다른 문명의 진보를 이루었다. 시간과 공간, 차원을 지배할 수 있으나 우리 스스로는 네가 보다시피 허상이 되어버렸다. 그랬기에 물질과 육체적 진보를 극으로 발전시킨 헤르게스인들을 상대할 수 없었다."

"그래서 차원을 변형시켜 나를 지구로 보낸 겁니까?"

"그랬다. 내가 직접 상대할 수 없기에 샤이온 우주의 모든 차원에서 강한 존재들을 소환했던 거지. 그들이라면 막을 수 있을 거라 생각했거든. 자네도 그중 하나였고."

"그런데 왜 나만 여기까지 온 겁니까. 분명 나 못지않은 강한 자들도 있었을 텐데?"

"자네만 온 게 아닐세. 헤르게스인들은 수많은 차원에서 침입을 해왔네. 크메리안과 지구가 속해 있는 제4차원은 그중 일부에 불과한 거야……"

참 지랄 같다.

지천에 올라 세상의 이치를 전부 깨달았다고 생각했지만, 신이란 존재가 지닌 진리는 자신의 상상을 초월했다.

우주. 그 너머 끝없이 펼쳐진 다른 우주들.

그리고 셀 수조차 없는 생명체와 차원의 존재. 극도로 발달된 과학 문명, 무림과 마법으로 대변되는 초능력의 세계.

신의 세계는 다른 영역이었고, 자신은 그 세계를 탐닉할 자격 조건조차 갖추지 못했다.

들어도 제대로 이해할 수 없으니 그냥 가만히 서 있을 수밖에.

분노의 대상을 신이라 생각했다.

자신을 이 세계로 이끈 존재.

가족들과 친구를 죽게 만든 원인 제공자.

그에게 자신의 분노와 원한을 풀어내고 싶었다.

하지만, 신이란 존재는 자신이 어쩌지 못하는 무극의 근원이나 다름없었다.

스르륵 눈물이 흘러나왔다.

모든 것이 부질없다.

태어나 누군가의 조종 속에서 살다가 죽어가는 미천한 생명체.

인간은 그런 생명체 중 하나일 뿐이란 생각이 들자 너무나 억울했고, 부끄러웠으며, 지독한 경멸이 몰려들었다.

그랬기에 한정유는 눈물 속에서 무극도를 치켜들었다.

그래, 모든 것이 어쩔 수 없는 상황 속에서 벌어졌다는 걸 인정한다.

그러나, 나는 받아들이고 싶지 않다.

나는 누군가의 꼭두각시가 되어 살아온 존재가 아니란 걸 스스로 증명할 것이다.

"신이여, 피조물에 불과한 나의 의문을 풀어주어 감사합니다."

"운명을 거역하고 싶은 모양이구나."

"운명을 거역하려는 게 아니라 내 가치를 당신께 증명하고 싶은 것입니다."

"어리석다. 네가 어떤 짓을 해도 나를 어쩌지 못한다. 나는 공이고 허이기 때문이다. 믿지 못하겠느냐?"

"믿습니다. 그래도 해보고 싶군요."

"그렇다면 네가 지닌 모든 것을 발현하거라. 그동안 수고 많았다. 하지만, 이것만은 잊지 말아라. 너는 너의 세상에서 최선을 다했으므로 그 가치가 결코 헛되지 않았다는 것을……."

없어졌던 모습이 다시 나타났다.

여전히 자신의 얼굴과 신체였는데 그 역시 무극도를 들고 있었다.

마치 거울을 보는 것처럼 똑같은 모습이다.

그러거나 말거나 한정유는 무극도를 앞으로 내민 채 신을 향해 천붕의 멸을 펼쳤다.

헤르게스인을 처단할 때 썼던 초극의 기운을 담아.

금룡들이 흰 방을 가득 채우며 날아올라 한 마리 거대한 용으로 변하며 신을 향해 공격했다.

그리고 터지는 불빛의 향연.

폭발.

모든 것이 폭발했다.

폭발은 흰 방을 지워 버렸고 망망하게 펼쳐진 대해를 덮어나갔다.

마치 신의 세계를 멸망시킬 것처럼.

*　　　　*　　　　*

기분을 편안하게 만들어주는 향기로운 냄새.

얼굴을 스치는 바람.

천천히 눈을 뜨자 바람에 흩날리는 도화 꽃잎들이 눈송이처럼 흩날리는 게 보였다.

그 꽃잎, 그리고 호수.

앞에 놓여 있는 찻잔과 고즈넉한 정자.

천천히 다가오는 발걸음은 익숙했고 더없이 친숙했다.

"상공, 도화 꽃잎이 너무나 아름답습니다. 마치 선계처럼 신비롭고 아름다워요."

다가온 여인을 바라보며 한동안 움직이지 않았다.

자신을 더없이 사랑했던 여인, 그리고 자신의 아이를 낳았으며 언제가 곁을 지켜주던 인생의 반려자.

바로 자신의 아내인 화련이었다.


이럴 수가 있을까.

원래대로 돌아왔다. 그것도 떠날 때와 똑같이 하나도 변함없이.

모든 기억들이 그대로 남아 있는데, 눈앞에 나타난 현실은 천하 통일을 이루었던 마제 시절 그때였다.

한바탕 꿈이었나.

그렇게 생각하기엔 너무나 남아 있는 기억들이 생생했다.

마지막 수고했다며 웃던 신의 모습.

비록 자신의 얼굴을 하고 있었으나 그 웃음에 담겨 있던 웃음은 배웅이었음이 분명했다.


화련은 조용히 다가와 비어 있는 찻잔에 차를 따라준 후 옆에 앉았다.

언제나 그렇듯 그녀는 부드러운 목소리로 말을 붙였다.


"상공, 표정이 이상해요. 혹시 무슨 일이라도 있었나요?"

"아니오. 잠깐 잠이 들었던 것 같소."

"꿈이라도 꾸셨나요?"

"꾸었소. 아주 슬프고 괴로운 꿈이었소."

"저에게 그 꿈 내용을 말해주실 수 있나요?"

"글쎄, 말해주기엔 너무 많은 내용이라서… 당신에게 미안한 것도 있고……."

한정유가 말끝을 흐리며 시선을 돌렸다.

그래 미안하다.

차원을 넘어 살면서 새로운 여인을 사귀었고 사랑을 속삭였다.

그 여인. 김가은.

그녀는 어떻게 되었을까.

그녀 역시 그녀가 살던 세상으로 돌아갔을까, 아니면 아직도 자신을 기다리며 이방인의 세계에서 눈물짓고 있는 걸까?

자신이 돌아온 것은 신의 계획에 의한 것일 테지만, 그녀를 두고 떠나왔으니 미안하고 또 미안했다.

그리고 김도철.

신의 장난으로 헤어진 그들의 마지막 모습을 잊을 수가 없다.

"불렀다면서?"

문을 열고 들어서는 문호량의 모습.

여전히 잘생겼고 쾌활한 그의 젊은 모습을 보자 가슴이 터질 것처럼 반가웠다.

과거로 돌아왔으니 그 역시 당연히 살아 있을 거라 생각했지만, 막상 살아 있는 모습을 보자 눈물이 왈칵 솟구쳐 올라왔다.

그랬기에 다가오는 놈의 몸을 끌어안고 등을 두드렸다.

"왜 이래, 소름 끼치게. 제수씨가 잠자리 안 해줘서 이러는 거야? 아무리 그래도 나를 끌어안으면 안 되지!"

"가만 있어, 이 자식아."

"너 왜 그러냐. 무슨 일 있었어?"

"네 얼굴 보니까 너무 좋아서 그런다."

"어이구, 웬일이래."

"호량아, 넌 나 안 보고 싶었냐?"

"이틀 전에 봤는데 무슨 소리야. 자꾸 그러지 마. 무서워지잖아. 너 혹시 무슨 계기로 남색에 취미가 동했니?"

"미친놈."

"술 마실까, 취선루 가서?"

"그 버릇 못 고쳤네. 새로운 기녀가 들어온 모양이지?"

"엄청난 절색이 왔단다. 그러니까 우리 같이 가자. 너도 가끔가다 다른 여자를 품어봐야 해. 사내놈이 마누라만 쳐다보면 세상이 좁아져."

"그 소리 화련이 앞에서 해봐."

"미쳤냐. 내가 죽을 짓을 왜 해?"

"앉아, 이 자식아…… 바둑이나 한판 둬."


한정유는 바둑을 두면서 문호량의 얼굴을 하염없이 바라봤다.

하얗게 질려 있던 놈의 얼굴.

비록 지금의 얼굴과 달랐지만 그 모습이 잊혀지지 않는다.

자신을 위해 죽음조차 마다하지 않던 놈.

그런 놈을 다시 만났으니 기쁨과 미안함으로 가슴이 터질 것처럼 행복했다.

*　　　　　*　　　　　*

천왕성의 대집회.

자신과 함께 천하 통일을 이루었던 마도십구패의 주인들이 모두 모이는 행사로서 1년에 한 번 이루어진다.

자연히 천하의 시선이 모두 집중될 수밖에 없다.

대집회를 통해 천하의 경영이 모두 결정되기 때문이었다.

마제는 천하를 통일한 후 천왕성에서 나가지 않았다.

천하는 마도십구패가 각 지역을 지배하도록 분배되었고, 그 결과만 보고 받았기 때문에 실질적인 힘은 마도십구패의 가주들이 행사했다.

그럼에도 천하인 그 누구도 천하의 주인이 마제라는 걸 의심하지 않았다.

마제는 그 누구도 거역할 수 없는 힘의 근원이었으니.

대회의장에 들어선 마도십구패의 가주들은 서열에 맞춰 자리를 차지하고 앉았다.

마도십구패의 서열 1위는 혁천가의 가주 혁무린.

40대의 남자로 한 자루 장검을 들면 상대할 자가 없다는 무적의 고수였다.

그리고 그 옆으로 정천가의 가주 문호량이 앉았으며, 종천가와 나머지 가주들이 줄지어 늘어섰다.

무거운 분위기.

마제를 기다리는 그들의 분위기는 숙연했으며, 존중으로 가득
차 있었다.

이윽고 문이 열리며 마제가 들어서자 가주들이 일제히 일어
나 허리를 접어 예의를 갖추었다.


"속하들이 주공을 뵈옵니다!"


우렁찬 목소리가 대청을 적셨다.

이곳에 모인 가주들의 무력은 전부 현경의 문턱을 넘거나 그
경지에 근접한 자들이었으니 목소리에 담겨 있는 기운은 대청을
진동시키기에 충분했다.


한정유는 가주들의 인사를 받으며 천천히 걸어 태사의에 앉
았다.

그런 후 자신을 바라보는 가주들을 바라보다가 한곳에서 멈
추었다.

바로 서열 1위에 올라 있는 혁천가의 가주 혁무린의 얼굴이었다.


"혁련가주, 얼굴색이 좋구려."


툭 던지는 한정유의 말투에 혁무린의 얼굴이 슬쩍 굳어졌다.

무슨 뜻인지 간파할 수 없었기 때문이었다.

그럼에도 그는 금방 웃음을 지으며 입을 열었다.

"모두 주공의 배려 때문이지 않겠습니까. 천하를 통일한 후 여유로운 삶을 살다 보니 살이 쪄서 그런가 봅니다."

"그럴 리가… 그런 분의 무공이 그리 깊어지셨소. 내가 보기엔 예전보다 훨씬 강해진 것 같구려. 현경의 범주를 완전히 뛰어넘은 것으로 보이는데?"

"다행히 최근 들어 작은 깨달음이 있었습니다."

"무공이 깊어지면 다른 생각을 하게 되지. 인간의 욕심은 끝이 없는 법이니까. 안 그렇소?"

단 한마디의 말에 좌중의 분위기가 싸늘하게 식었다.

간단한 뜻이 아니다.

천하의 주인 마제의 입에서 튀어나온 말은 죽음과 직결될 수 있기 때문이다.

하지만, 당사자인 혁무린은 다른 가주들과 다르게 한정유의 시선을 피하지 않았다.

"주공께서는 제 충성을 의심하십니까?"

"아… 나는 그저 인간의 욕심에 대해 말했을 뿐이오."

"그 말씀이 저에겐 그렇게 들리는군요."

"그렇다면 그럴 수도 있겠고."

자신을 향해 눈을 부릅뜨고 있는 혁무린을 바라보며 한정유가 차가운 음성을 날렸다.

어느 날 문득 지천에 올라 세상을 떠났을 때 혁무린이 중심된 반란 세력이 천왕성을 전복했다는 걸 안다.

그들을 막으려 문호량은 사랑하는 가족들을 지키기 위해 싸웠고, 결국 아들은 죽음을 맞이했다.

"주공, 저는 주공께서 어렸을 때부터 크는 걸 지켜본 사람입니다. 천하쟁투가 개전되었을 때 목숨을 바쳐 싸웠고, 그 누구보다 혁혁한 공로를 세웠습니다. 충성을 다해 주공을 모셔 온 저를 의심하시다니 제가 살아 온 삶이 부끄럽군요. 어인 일이십니까? 저를 배신자로 낙인찍는 이유를 듣고 싶습니다."

혁무린의 시선이 불타는 것 같았다.

야망에 젖은 시선이 아니다.

그의 시선에 담겨 있는 건 충성을 다한 주인에게서 신뢰를 잃었다는 자괴감뿐이었다.

그 모습을 보면서 한정유가 한숨을 길게 몰아쉬었다.

문호량의 얼굴은 잔뜩 굳어져 있었는데, 한정유의 행동이 너무나 급작스러웠기 때문일 것이다.

혁천가의 가주 혁무린은 모든 전투에서 선봉이 되어 야차같이 싸웠고 천왕성의 명예를 위해 죽음을 두려워하지 않았던 충신 중의 충신이었다.

어리석다.

혁무린의 불타는 시선을 보자 자신의 원망이 눈 녹듯이 사라져 갔다.

그가 배신한 이유는 자신 때문이었다는 판단이 들자 그에 대한 증오가 부질없게 느껴졌다.

인간의 삶이란 그렇다.

현실이 상황을 변화시키고 주변 사람들로 인해 신념과 철학이 바뀌며 욕심과 야망에 젖어간다.

자신이 천하 통일이란 야망을 가졌던 것처럼.

그리고 이세계에서 살아남기 위해 미친놈처럼 싸웠던 것처럼.

신의 계획 속에서는 하나의 미물에 불과한 존재임에도 인간은 이 세상이 모든 것인 양 싸우고 속이며 하루를 영원처럼 살아가고 있으니 더없이 어리석은 존재다.

그래서, 인간의 행동은 갈대처럼 흔들린다.

『마제의 신화』 완결

# 초대형 24시 만화방

**신간 100%, 샤워실, 흡연실, 수면실(침대석), 커플석, 세탁기 완비**

## ▪ 광명 광명사거리역점 ▪

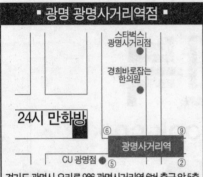

경기도 광명시 오리로 986 광명사거리역 6번 출구 앞 5층
02) 2625-9940 (솔목타워 5층)

## ▪ 강북 노원역점 ▪

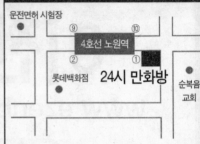

서울 노원구 상계동 340-6 노원역 1번 출구 앞 3층
02) 951-8324 (화용빌딩 3층)

## ▪ 일산 정발산역점 ▪

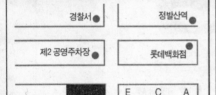

라페스타 E동 건너편 먹자골목 내 객잔건물 5층
031) 914-1957

## ▪ 일산 화정역점 ▪

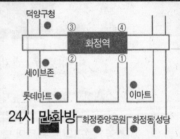

경기도 고양시 덕양구 화정동 984번지 서일빌딩 7층
031) 979-4874 (서일사우나 건물 7층)

## ▪ 부천 역곡역점 ▪

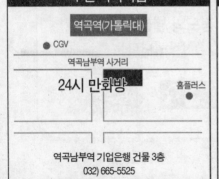

역곡남부역 기업은행 건물 3층
032) 665-5525

## ▪ 부평역점 ▪

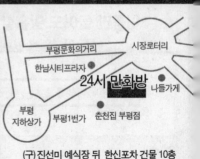

(구)진선미 예식장 뒤 한신포차 건물 10층
032) 522-2871

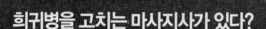

MODERN FANTASTIC STORY

강준현 현대 판타지 소설

# 주무르면 다고침

희귀병을 고치는 마사지사가 있다?

트라우마를 겪은 후 내리막길을 걸어온 한두삼.
그는 모든 걸 포기하고 고향으로 향하게 된다.
그리고 그곳에서 특별한 능력을 얻게 되는데…….

"도대체 나한테 무슨 일이 생긴 거지?"

한두삼,
신비한 능력으로 인생이 뒤바뀌다!

Book Publishing CHUNGEORAM

유행이 아닌 자유추구
WWW. chungeoram.com

# 검선마도

## 조돈형 무협 판타지 소설

매화가 춤을 추고 벽력이 뒤따른다!

분심공으로 생각과 행동을
둘로 나눌 수 있게 된 풍월.

한 손엔 화산파의 검이, 다른 한 손엔 철산도문의 도가.
그를 통해 두 개의 무공이 완벽하게 하나가 된다.

## 검과 도, 정도와 마도!
## 무결점의 합공이 시작된다.

Book Publishing CHUNGEORAM